KB002499

일러두기

· 맞춤법과 외래어 표기법은 국립국어원의 원칙에 따르되, 이미 널리 통용되는 표현일 경우 그대로 표기했습니다.
· 단행본 · 정기 간행물 · 신문은 『 』, 시 · 단편소설은 「 」, 사진 · 그림 작품은 〈 〉로 묶어 표기했습니다.
· 참고한 자료들은 본문의 '틈새 책장' 페이지를 통해 관련한 정보를 밝혔으며, 소개되는 순서로 표기했습니다.

읽고 쓰고

단단한 나로 자라나는 단어 탐구 생활

지혜 지음

내가 됩니다

○ **차례**

우리는 단어가 고정불변의 뜻을
가지고 있다고 생각하기 쉽지만 그렇지 않아요.
단어는 무너지지 않는 단단한 벽이 아니에요.
틈이 있어요. 그리고 삶은 흐르는 일이지요,
고이는 일이 아니라.

단어와 삶이 만나면,
단어의 틈 사이로 삶이 흐른다면,
단어에는 흔적이 남을 거예요.

우리의 시간을 시작해 볼까요.

단어를 찾아서

우리는 모두 하늘을 좋아합니다. 확신을 의심하는 편이지만, 하늘에 대해서라면 이렇게 확신하고 싶어요. 하지만 우리는 모두 하늘색을 좋아하지 않아요. 바꿔서 말하자면 좋아하는 하늘색은 사람마다 다 다를 거예요. 좋아하는 하늘색이 있다면, 싫어하는 하늘색도 있겠죠. 지금 제가 무슨 말을 하는 건지 어리둥절한 분이 계실지도 모르겠네요. 파란색 물감과 하얀색 물감을 섞으면 볼 수 있는 연한 파랑, 바로 그 색을 우리는 하늘색이라고 부르는데 좋아하는 하늘색과 싫어하는 하늘색이라니요.

잠깐 그림 이야기를 할까요. 17세기 프랑스에서 태어나 이탈리아에서 주로 활동한 화가 클로드 로랭은 풍경화의 대가입니다.

○

'풍경화'라는 단어를 듣고 떠오르는 이미지가 있다면 아마 클로드 로랭의 그림과 비슷할 거예요. 뒤로는 광활한 자연과 웅장한 건축물이 펼쳐지고 앞에는 신화나 성경 속에 나오는 인물들이 있죠. 우리는 클로드 로랭의 그림을 보면서 감히 인간이 넘볼 수 없는 위대한 풍경에 감탄을 하거나 인간이 중심인 세계를 상상하게 될 거예요. 그리고 무엇을 하든 하늘을 보게 됩니다. 제가 생각하기에 클로드 로랭 그림의 주인공은 하늘이에요.

저는 클로드 로랭의 하늘에 '하늘색의 여정'이라는 별명을 붙였어요. 하늘색이 길을 나서서 한 발 한 발 목적지를 향해 걷는 것처럼 색깔이 아주 조금씩 변하거든요. 서로 가까이 있는 색은 크게 다르지 않은데, 서로 멀리 있는 색은 아주 달라요. 우리에게 익숙한 '그러데이션'이라는 단어로 표현하면 '하늘색의 여정'을 더 쉽게 설명할 수 있을 것 같네요.

하늘색의 여정은 특별해요. 바로 '경계 없음' 때문이에요. 지금 집에 있는 물감이나 색연필을 찾아볼까요. 12색이나 24색이나 36색이 있어요. 우리는 빨강과 노랑을, 노랑과 파랑을, 파랑과 빨강을, 정확하게 분리하고 구분할 수 있어요. 하지만 이 경계는 진실일까요? 그림 속에 노을 지는 하늘이 있어요. 선명하던 푸른색이 빛바랜 회색이었다가 노랗고 붉게 물들고 있네요. 어디서부터 어디까지가 노랑인지, 빨강이 어디에서 시작되는지, 파랑은 어디에서 물러나는지 누구도 정확하게 집어낼 수 없죠. 더 기쁜 사실은 단 하나의 하늘색을 가리킬 수 없다는 거예요. 하늘에 있는 색이 하늘색인데, 지금 하늘에는 무수히 많은 색이 있잖아요.

다채로운 하늘색을 바라보며 작은 점들이 모여 만든 세계에 대해 생각합니다. 저도 그리고 이 글을 읽고 있는 독자님도 넓게 번진 그러데이션의 한 지점이에요. 유일하고 모호하며 특별하고 평범한 존재입니다. 하늘색도 그렇고 세계도 그렇고 단어도 그래요! 그러데이션. 우리는 단어가 고정불변의 뜻을 가지고 있다고 생각하기 쉽지만 그렇지 않아요.

제가 참 사랑하는 폴란드의 시인 비스와바 쉼보르스카는 1945년에 「단어를 찾아서」라는 시로 등단을 했어요. 이 시는, 특히 1연과 2연은 제가 이 책에 쓴 모든 단어와 문장 들을 관통하고 있죠. 한번 낭송해 볼게요, 꼭 들어 주세요.

솟구치는 말들을 한마디로 표현하고 싶었다.
하지만 어떻게?
사전에서 훔쳐 일상적인 단어를 골랐다.
열심히 고민하고, 따져보고, 헤아려보지만
그 어느 것도 적절치 못하다.

○

가장 용감한 단어는 여전히 비겁하고,
가장 천박한 단어는 너무나 거룩하다.
가장 잔인한 단어는 지극히 자비롭고,
가장 적대적인 단어는 퍽이나 온건하다.

맞아요, 사전에서 어떤 단어를 찾든 우리는 우리의 삶을 완벽하고 완전하게 표현할 수 없을 거예요. 이 세상의 모든 단어는 적절하지 못해요.

'존재'라는 단어를 두고 생각해 볼까요? 존재를 국어사전에서 찾아보면 가장 첫 번째로 나오는 뜻이 '현실에 실제로 있음 또는 그런 대상'입니다. 현실은 현재와 실제이고 실제는 사실을 뜻해요. 존재는 지금 여기에 있는 사실이라는 뜻이네요.

저는 아홉 살 때 반려견 벤도와 처음 만나서 같이 살았어요. 하지만 지금은 죽고 없어요. 벤도는 현재도 아니고 실제도 아니에요. 그럼에도 분명히 존재하죠. 제 기억 속에 있으니까요. 존재에는 기억이나 마음이라는 단어가 필요합니다. 지금은 반려견 다동이와 살고 있어요. 다동이는 다른 집에서 송이라는 이름으로 살았는데 파양되어 우리 집으로 오게 되었어요. 그전에도 다동이는 현재에 실제로 있었지만, 저에게는 존재하는 강아지가 아니었죠. 다동이에 대해 몰랐으니까요. 다동이를 만나서 네가 거기에 있음을 알고 또 내 안에 자리를 내어 주었을 때 비로소 존재하게 된 거죠. 하얀 강아지 한 마리가 반려견 다동이가 되었어요. 그래서 존재에는 인정이나 자리라는 의미도 덧붙여야 해요.

저에게는 지금은 사라졌지만 어린 시절 살았던 작은 아파트도 존재하고, 첫 책에 반해서 열렬하게 좋아하는 작가도 존재해요. 어디 그뿐인가요. 기꺼이 나의 삶에 존재가 되어 주는 낯선 이들이 계속 나타날 거예요. 그렇게 '존재'라는 단어로 제 삶은 점점 넓어지고 풍요로워진다고 믿어요. 저에게 존재란, '나의 마음에 자리를 내어 줌 또는 그런 대상'을 말합니다.

그럼 국어사전에 나오는 뜻이 틀린 거냐고요? 아니요, 전부가 아니라는 뜻이죠. 이쯤에서 쉼보르스카의 시 「단어를 찾아서」 마지막 연을 낭송하고 싶은데요.

우리가 내뱉는 말에는 힘이 없다.
그 소리는 적나라하고, 미약할 뿐.
온 힘을 다해 찾는다.
적절한 단어를 찾아 헤맨다.
그러나 찾을 수가 없다.
도무지 찾을 수가 없다.

○

예전에는 이 시가 너무 슬펐어요. 전쟁과 학살을 목격한 시인의 절망이 담겨 있기 때문이에요. 적절한 단어를 찾을 수 없다니 막막하고 두려웠죠. 하지만 지금은 이 시에 기대어 글을 쓰고 있어요. 온 힘을 다해 적절한 단어를 찾아 이곳을 헤매도 찾을 수 없다면 찾기를 멈추지 않고 저곳으로 나아가야 해요. 단어를 찾아서 한 걸음 또 한 걸음 걸어 보는 거죠.

단어는 무너지지 않는 단단한 벽이 아니에요. 틈이 있어요. 그리고 삶은 흐르는 일이지요, 고이는 일이 아니라. 단어와 삶이 만나면, 단어의 틈 사이로 삶이 흐른다면, 단어에는 흔적이 남을 거예요. 삶이 지나온 단어도, 단어를 통과한 삶도, 눈에 띄지 않더라도 분명 이전과 다른 모양이겠죠. 끝내 찾으려고 했던 단어를 찾지 못한다 해도 괜찮아요. 멈추지 않고 걸어왔으니 흔적이 남은 단어들을 손에 쥐고 있을 거예요. 이 단어들을 잇고 엮어 말하고 싶은 걸 말할 수 있어요.

이 책은 저의 삶이 단어의 틈을 찾아서 통과하고 흔적을 남기고 모양을 바꾼 기록입니다. 하지만 세계는 그러데이션, 우리는 서로 다른 사람이기에 독자님의 삶이 흐른 단어는 또 다른 모양이 될 거예요. 다르게 읽어 주셨으면 좋겠어요. 단어의 틈을 찾아 흐르고 남기고 만들고 모으길 바라겠습니다.

○

마지막으로 꼭 드리고 싶은 말이 있어요. 저는 글을 쓸 때마다 개별적인 존재를 상상하고, 그와 나란히 앉아 이야기를 나눈다고 생각했어요. 그 존재는 때로는 저의 수업을 듣는 청소년이기도 했고, 때로는 제가 겪었던 나의 청소년 시절이기도 했어요. 아직 오지 않았지만 푸른 미래가 분명할 딸의 청소년 시절이, 오래전 지나갔지만 울고 웃을 때마다 떠오르는 엄마의 청소년 시절이 있었어요. 그들에게 반말로 말을 걸었습니다.

반말을 쓰는 것이 혹시 독자 여러분께 무례한 태도가 될까 걱정을 했어요. 하지만 이 책에서 반말은 '낮추어 하는 말'이 아니라 '가까운 거리를 표시하고 싶은 마음'입니다. 부디 너그럽게 읽어 주세요.

저는 파주에서 '걷는생각'이라는 이름으로 어린이와 청소년을 만나고 있어요. 작지만 커다란 공간에서 우리는 나란히 앉아 생각을 나누고 글을 씁니다. 이 책은 걷는생각의 초대장이에요. 초대를 받아 주셔서 고맙습니다. 여기 자리를 마련해 두었으니 편히 앉아 주세요.

그럼 우리의 시간을 시작해 볼까요.

1장

내 안에 쌓아 두기

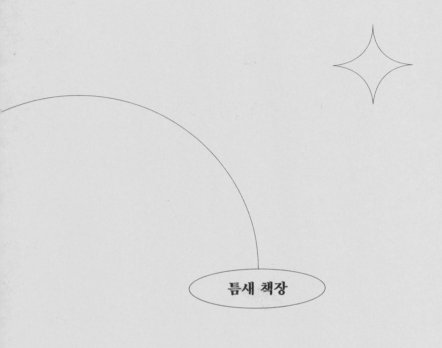

틈새 책장

『소유냐 존재냐』, 에리히 프롬 지음, 차경아 옮김, 까치, 2020
『춤을 출 거예요』, 강경수 지음, 그림책공작소, 2015

○

취미

순간과 기분이 쌓여 존재가 되는 일

거의 고백에 가까운 이야기를 하나 해 줄게. 선생님은 5년이 넘게 발레를 배우고 있어. 비밀까지는 아니지만, 발레를 배운다고 말할 때마다 가슴이 조금 두근거리니까 고백은 맞아. 네 앞이라서 솔직하게 다 말하는 거야. 다른 사람들 앞에서는 거짓말을 하거든. "저는 발레를 배워요, 1년이 조금 넘었어요." 5년이 넘게 배웠는데도 여전히 너무 못해서 시간을 싹둑 잘라 버리지. 오늘도 발레 학원에 가서 열심히 춤을 추고 왔어. 정면에도 측면에도 거울이 있어서 의도하지 않아도 춤을 추는 나를 볼 수 있지. 종이 인형처럼 펄럭이는 몸을 보면서 시간이 아무리 흘러도 나의 발레 경력은 1년에서 멈출 것 같다는 예감이 들었어.

○

　　시간이 흘러도 시간을 더하지 않는 이유는 눈에 띄게 늘지 않는 실력을 내놓기에 부끄럽기 때문이라고 하지만, 사실은 아무래도 상관없어서 그래. 물론 잘하면 좋겠지. 나무의 뿌리처럼 힘 있게 아래로 뻗어 내려가는 다리 근육과 부드러운 리본처럼 우아하고 둥글게 움직이는 팔의 모양 그리고 내 몸에 깊이 새겨진 중력을 잊고 공중에 머무르듯 점프! 그것이 내 것이라면, 상상만으로도 짜릿해. 하지만 현실을 아주 잘 알고 있지. 나는 발레리나가 될 수 없고 발레리나가 되고 싶지 않아. 그저 내일 아침 열 시가 되면 발레 학원 문을 열고 들어갈 거야. 스트레칭과 플랭크를 하고, 잠시 숨을 정돈하고, 바를 잡고, 척추와 어깨를 곧게 펴고, 위로 길어지는 상상을 하며 플리에를 하고, 두 다리를 힘 있고 팽팽하게 당겨 파쎄, 축을 놓치지 않고 시선을 빠르게 되돌리며 턴. 발레는 나의 취미야.

　　선생님은 어른이 되어서야 취미를 갖게 되었어. 물론 그전에도 취미는 있었지만.

＊

　　단어에는 무게가 있어. 지금처럼 글을 쓸 때, 누군가와 대화를 나눌 때, 혼자 책을 읽을 때, 단어들은 각자의 무게를 지니게 되지. 단어가 그릇이라고 상상하면 조금 더 쉬울까? 단어는 텅 비어 있는 그릇으로 태어나. 그릇을 쓰는 사람이 무게를 더하는 거야. 자신의 경험, 생각, 의도 같은 재료들로 만든 요리를 채우는 거지. 사람마다 겪은 일도 가치관도 목적도 서로 다르니까 같은 단어도 누가 쓰느냐에 따라 무게가 다르겠지?

그런데 이 취미라는 단어는 조금 특이해. 특기라는 단어와 같이 다니거든. 사람마다 '취미'의 무게는 다 다르지만, 대부분 사람들의 취미는 '특기'보다 가벼워.

자기소개 목록에는 취미와 특기가 있지. 선생님은 학교에 다닐 때, 회사에 이력서를 제출할 때, 새로운 모임에 참여하게 되었을 때 취미와 특기를 밝혀야 했고 그때마다 취미는 푸대접을 받았어. '특기와 취미'였으면 나았을까? 맛있는 반찬은 아껴 두고 다른 반찬을 재빠르게 먹는 것처럼 취미 칸에는 얼른 책 읽기나 영화 감상을 채워 두고, 나에게는 어떤 재능이 있을까 어떤 재능이 있음을 보여 줘야 할까 생각했던 것 같아.

약간의 망설임은 있어도 깊은 고민은 없는 단어, 그게 바로 내가 가지고 있던 취미였어. 그런데 발레를 하면서 취미의 무게가 자꾸만 무거워지더니 지금은 특기와 비슷해. 시간이 더 지나면 어떻게 될까? 아무래도 취미가 특기보다 무거워질 것 같아. 취미가 있는 하루의 끝에 서 있으면 잘 살았다, 하는 느낌이 밀려오거든. '뿌듯하다'는 말로는 설명이 부족할 것 같고, '충만하다'는 말은 어

○

떨까? 취미가 주는 충만함 덕분에 나는 내가 참 좋아졌어.

  선생님은 평생을 '잘하고 싶은 사람'으로 살았어. 공부도 잘
하고 싶고, 글도 잘 쓰고 싶고, 얼굴도 예쁘고 싶고 그래서 칭찬도
사랑도 많이 받고 싶었지. 칭찬도 사랑도 남이 주는 거니까, 늘 지
금 나는 저 사람에게 어떻게 보일까 생각했던 것 같아. 다른 사람
의 눈으로 스스로를 평가하고 판단하는 거지. 그런데 발레를 할
때는 단 한 번도 잘 보이고 싶다는 생각을 하지 않았어. 그 커다란
거울을 눈앞에 두고도 말이야. 그냥 나의 몸을 나무라고 상상하
는 기분이 좋아서, 땀을 잔뜩 흘리고 한결 부드러워진 근육의 느
낌이 좋아서 정말 열심히 하게 돼. 최선을 다하는데 잘하고 싶은
마음이 없는, 이 어긋나고 이상한 기분이 얼마나 자유로운지 아
니? 만약 내가 발레에 소질이 있었다면 어떤 마음으로 춤을 추었
을까?

  취미와 특기의 다른 점이 뭐라고 생각해? 먼저 국어사전에
서 뜻을 찾아보자. 취미는 '전문적으로 하는 것이 아니라 즐기기
위하여 하는 일'이야. 나의 감정이 중요해. 즐거운 기분이 취미를
결정 짓지. 이 일의 끝은 계속 좋아하거나 아니면 안 좋아하는 거
야. 전공도 아니고 직업도 아니야. 반면 특기는 '남이 가지지 못한
특별한 기술이나 기능'이야. 나의 감정만으로는 생길 수 없어. 특

별하려면 먼저 구별을 하고 비교와 경쟁을 통해서 차이를 두어야 하거든. 남보다 잘해야 잘한다고 말할 수 있잖아. 그래서 이 일의 끝은 인정을 받는 거야. 주변 어른들에게 칭찬을 받거나 공모전에서 상을 타거나 대학에 합격하거나 직장에 자리를 갖는 거지. 목적을 향하고 결과를 만들어. 이렇게 쓰고 보니 혹시 특기는 나쁘고 취미는 좋은 단어라고 생각할까 봐 조금 걱정이 되네. 목적을 확실히 정하고 결과물을 잘 만들기 위한 비교와 경쟁은 건강한 삶의 원동력이 될 수 있어. 다만 불이 쉽게 붙는 감정이니까 잘 다루어야 해. 자칫하면 너의 에너지와 다른 감정들까지 활활 타 버릴 수 있거든.

선생님의 경험과 사전적 정의를 꼼꼼하게 살펴보니, 두 단어의 가장 큰 차이는 '나'와 '시간'에 있다는 생각이 든다. 특기는 나의 미래를 향하지. 달리기가 특기인 사람은, '나는 우리 학교에서 달리기를 가장 잘해. 열심히 연습해서 육상 대회에 나갈 거야.' 하고 다짐할 수 있겠지. 반면 취미는 나의 현재에 집중해. 달리기가 취미인 사람은, '나는 달릴 때 기분이 정말 좋아. 빠르게 달리다 보면 내 몸이 가벼워져 어디라도 갈 수 있을 것 같아.'라고 떠올릴 수 있을 거야. 달릴 때의 자유로운 기분을 다른 사람들에게 증명하지 못하겠지만, 그 순간과 기분이 하나둘 쌓여 자유로운 존재가 되겠지. 능력의 향상이 아니라, 지금 여기에서 경험하는 취미의 순간과 기분으로 우리는 존재가 될 수 있어.

이미 존재하고 있는데 존재가 될 수 있다니, 말이 조금 이상하다, 그치? 하지만 너도 일상에서 충분히 경험하고 있을 거야. 종일 스마트폰과 SNS로 시간을 보내고 났을 때의 감정과 조금 귀찮더라도 밖으로 나가 친구들과 함께 맛있는 음식과 재미있는 이야기를 나누었을 때의 감정은 아주 다르지. 좋아하는 운동을 하면서 땀을 흠뻑 흘리고 났을 때의 감정은 또 다를 거야. 우리 흔히 '살아 있음을 느낀다.'라고 말하잖아.

그냥 태어났으니까 이 세상에 존재하는 것과 주체로서 존재가 되어 가는 것은 분명 다르지. 이쯤에서 철학자 에리히 프롬을 소개할게. 선생님은 에리히 프롬이 좋아. 그의 이야기를 듣고 있으면 내 안에 가능성을 알아보게 되거든. 행복한 사람이 될 수 있는 가능성 말이야. 프롬은 행복이라는 열매가 저기에 이미 맺혀 있고 그 열매가 저절로 내 손에 떨어지거나 내가 그 열매를 따러 나무 위에 오르는 것이 아니라고 생각해. 행복은 내가 행복하겠다 결정하고 만들어 가는 거야. 그렇다면 만들어 가는 방법, 기술이 필요하겠지. 프롬은 기술이라는 단어를 중요하게 여기는 사람이야. 『사랑의 기술』이라는 책도 있지. 행복과 행복의 기술에 대해 생각하다 보면 선생님은 힘이 생기더라. 모든 기술은 실패를

품고 있잖아. 시도와 실패를 충분히 반복해야 조금씩 익숙해지고 능숙해지지. 그러니까 내가 행복하겠다 결정하고 행동한다면, 지금 당장은 실패해도 괜찮아. 반복하다 보면 능숙해지고 기술이 될 거야. 시도했다는 것만으로도 이미 행복해지고 있는 중이니, 그만두지만 않으면 돼.

**

프롬이 말하는 기술에 대해 조금 더 생각해 보자. 그의 책 『소유냐 존재냐』가 도와줄 거야. 프롬은 소유의 방식이 아니라 존재의 방식으로 살아야 한다고 믿었어. 소유하는 삶은 내가 가지고 있는 것이 곧 자아가 되는 거야. 비싼 자동차를 가진 나, 예쁜 옷을 가진 나, 새로 나온 가방을 가진 나. 물건뿐만이 아니라 지식, 사랑, 희망까지도 소유하려고 하지. 전교 1등 자리를 가진 나, 아름다운 애인을 가진 나, 대기업에 취직한 아들을 가진 나. 소유가 쌓여 만든 자아는 다채롭게 변화하거나 성장하기 어려워. 그 자아 안에는 이 사회가 이미 만들어 두고 가져가라고 자극한 '무엇'만 있지. 그리고 같은 자리에 다른 무엇이 대체될 뿐이야.

반면 존재하는 삶은 끊임없이 변화하고 성장해. 세계는 나에게 말을 걸고, 나는 세계에 응답하거든. 지금 여기에서 생각이나 행동을 하고, 그전에는 없던 새로운 것을 만들어. 이렇게 말하

○

니까 조금 어렵지? 프롬은 다양한 일상적 경험을 예로 들어서 소유하는 삶과 존재하는 삶을 비교했어. 그중에서 너에게 가장 익숙할 것 같은 경험, '독서'를 두고 살펴보자. 소설을 읽는 독자에게 줄거리와 결말은 중요해. 그 소설의 내용을 기억하는 방식으로 우리는 이야기를 소유하지. 여기에서 더 나아가 주인공이 왜 그런 선택과 행동을 했는지 고민하고 그 과정에서 인간의 본성을 알게 되고 나의 삶 속에서 그 본성을 발견하고 이에 대해 생각한다면 우리는 존재의 방식으로 책을 읽은 거야.

소유하는 삶이 책에 '대답'만 한다면 존재하는 삶은 책과 '대화'를 하지. 시험을 위한 필독서를 읽을 때와 사랑하는 작가의 신간을 읽을 때를 떠올려 봐. 능동적으로 경험하고 결과를 생산하는 것, 프롬은 인간이 존재하는 삶을 살 때 비로소 인간다워진다고 했어. 그리고 나는 존재하는 삶은 풍요로운 취미 생활을 바탕으로 한다고 생각해.

너에게 꼭 보여 주고 싶은 그림책이 있어. 그 누구도 아닌 내가, 그 무엇을 위해서가 아니라 좋아서 하는 일 — 취미로 존재가 되어 가는 한 사람이 있거든. 작가 강경수가 쓰고 그린 『춤을 출거예요』는 제목 그대로 춤을 추는 사람의 이야기야. 주인공이 춤을 추는 공간은 집으로 숲으로 강 위로 빗속으로 폭풍 속으로 쉬지 않고 바뀌지. 다양한 공간을 배경으로 하지만, 사실 공간은 중요하지 않아. 주인공에게는 지금 여기에 내가 존재한다는 사실만이 중요해. 눈을 감고 미소 짓는 표정이 증명하고 있어. 그 표정은, 나의 감각과 감정에 집중하며 나만의 춤으로 가득 채우는 충만한 시간이지. 다른 사람의 시선과 평가에서 벗어나겠다는 온화하지만 단호한 다짐이기도 하고.

선생님은 이 책이 화려한 조명으로 빛나는 무대로 끝나지 않아서 참 좋아. 대부분의 이야기는 결말이 있잖아. 이야기가 시작되면 전개와 절정을 지나 결말을 맺지. 하지만 계속 전개 중인 이야기도 있어. 결말의 열매는 없을지 몰라도 끝나지 않아. 취미를 닮은 이야기. 이 책도 그래. 주인공이 열매를 맺어야 할 순간에 '그러다 보면'이라는 전개의 단어가 있거든. 빛나는 무대가 있긴 있는데, '그러다 보면'과 그다음 장면 '지금은 춤을 출 거예요.' 사이에 접힌 면을 펼쳐야 볼 수 있어. 접힌 면을 펼치면 책 크기에 두 배가 되는 커다란 무대가 아주 멋져. 하지만 나는 이 커다란 무대는 '강조'가 아니라 '숨김'이라는 생각을 했어. 굳이 펼치지 않는다면 보지 않아도 되는 장면이니까. 선생님은 이 책에서 빛나는 무대 위에 서지 못하더라도 춤을 추고 있다면 이미 충분하다는 취미의 마음을 읽었어.

혹시 너는 눈치챘을까? 이 글을 시작할 때 '나의 취미'를 소개하고 '취미를 갖게 되었어.'라고 썼거든. 프롬은 소유를 추구하는 사회는 명사를 많이 사용하고 동사는 점점 줄어든다고 했어. 언어에서도 소유하는 '무엇'에만 집중하는 현상이 드러난다는 거지. 선생님이 쓴 글을 다시 읽어 보니 정말 습관처럼 취미를 내가 가진 무엇으로 쓰고 있더라. 취미는 소유의 대상이 아니지. 내가 주체가 되어 지금과 여기를 채우는 움직임이야. 우리 '무엇'을 가지려고 하지 말자. 취미가 주는 충만함이 쌓여 나라는 존재가 될 테니까. 오늘은 너의 몇 시간을 취미의 마음으로 한껏 채울 수 있으면 좋겠다. 행복하겠다 결정하고 그쪽으로 걷는 거야.

틈새 책장

로즈 와일리의 그림들
『철학 고전 강의』, 강유원 지음, 라티오, 2016

후회

나다움을 찾는 나침반

지금은 자존감의 시대야. 자존감이라는 단어가 우리 주변을 맴돌고 있어. 좋은 단어니까 유령에 비유하기는 좀 그렇고, 공기가 적당할까? 자기 자신을 존중하고 사랑하라는 말은 공기처럼 모든 틈과 모두의 사이를 흐르고 있지. 자존감이 낮으면 행복한 사람이 아니니까, 얼른 자존감을 높여야 해. 원한다면 가치 있는 조언들을 쉽게 얻을 수 있을 거야. 그런데 가끔은 닿아야 할 목표가 하나 더 생긴 느낌이라서 어깨가 무겁기도 해.

어때, 너는 너를 사랑하니? 이 질문에 어떻게 대답해야 하는지 잘 알고 있겠지. 정답을 말하지 않는다면 조언을 가장한 충고와 잔소리가 길어질 테니까 말이야. 하지만 솔직한 너의 마음을

○

듣고 싶어. 충고와 잔소리는 하지 않을게. 아, 그러지 말고 내 얘기부터 할까. 선생님은…… 잘 모르겠어. 분명 스스로를 미워하는 건 아닌데, 자기를 사랑하는 사람이 가지면 안 된다는 잘못된 감정들이 내 안에 다 있는 것 같거든. 남과 비교하고, 불행 앞에서 자책을 하고, 무엇보다 후회를 그렇게 잘해.

지금 여기에 타임머신이 있다고 상상해 봐, 우리가 원하는 만큼 더 어려지거나 더 나이 들 수 있어. 너는 어떤 시간으로 가고 싶니? 나는 이 질문을 수없이 던져서 바로 대답할 수 있어. 과거로 갈 거야. 의지와 선택이 분명히 기억나는 나이, 열넷으로! 다시 열넷이 될 수 있다면, 숨어서 책을 읽거나 글을 쓰지 않을 거야. 열다섯에는 잘못이 없는데도 용서를 빌지 않을 거야. 열여섯에는 착하고 순한 친구에게 모진 말을 하지 않을 거야. 열여덟에는 누군가를 진심으로 좋아할 거야. 그리고 스물에는, 서른에는…….

거의 반평생을 살아 놓고서 후회라니, 별로지? 후회하는 어른이 될 줄 나는 알았겠니. 최선을 다해 살아서 후회 하나 없다는 말을 하고 싶은데, 최선은 늘 멀리 있거나 다른 길에 있더라. 그래서 나는 자꾸만 후회를 해. 후회를 멈춰야 스스로를 사랑할 수 있다는데 너무 어려워.

혹시 겨우 이런 어른이라고 나에게 실망을 했을까? 하지만 잠깐만, 실망은 아직 일러. 나는 단어를 수집하는 어른이거든. 여기에서 '단어'는 비유가 아니라 진짜 단어, 말하고 읽고 쓰는 단어들이야. 우리가 살아가면서 그동안 배운 단어들은 '기쁨'이나 '슬픔'처럼 감정을 가리키는 단어도 있고 '결혼'처럼 제도를 가리키는 단어도 있고 '엄마'나 '자식'처럼 존재를 가리키는 단어도 있지. 그런데 이 단어가 나의 삶에 진정으로 들어오는 때가 있어. 분명 일상에서 아주 익숙하게 써 왔던 단어인데, 문득 새롭게 보이는 거지. 이때가 바로 단어를 수집하는 순간이야.

좋은 책을 읽거나 좋은 사람과 대화를 나누면, 그동안 하지 못했던 깊은 생각을 할 수 있어. 그 생각은 기존에 쓰던 단어를 새롭게 해석할 수 있는 기회를 주지. 나만의 의미를 담은 단어가 되는 거야. 한 사람의 삶은, 단어를 다시 쓰면서 풍요로워진다고 믿어. 선생님도 이만큼 살다 보니 수집한 단어가 제법 쌓였는데, '후회'도 그중 하나야. 내가 '후회'를 어떻게 해석하고 또 쓰고 있는지 말해 줄게.

얼마 전에 여든이 훌쩍 넘은 나이에도 열정적으로 그림을 그리는 작가 로즈 와일리의 그림을 보러 갔어. 전시는 이제 끝났지만, 구글 검색창에 이름만 써 넣어도 충분한 정보를 얻을 수 있을 거야. 작가의 사진도 꼭 찾아봐. 아주 멋있는 사람이야. 로즈 와일리는 대학에서 미술 공부를 하다가 스물한 살에 결혼을 했고 그

○

이후로 활동을 지속하지 못했어. 아이들을 다 키우고 마흔이 넘어 다시 미술을 공부하려고 학교에 들어갔지. 사실 나는 로즈 와일리의 스무 살에서 마흔 사이의 이야기가 더 궁금해. 삶에는 남들에게 보여지는 바깥보다 나 혼자서 견디는 안으로 걷는 시간이 반드시 오는데, 그 시간은 지워지지 않는 선명한 발자국을 남기는 법이거든. 한 매체와의 인터뷰에서 그 시간에 대한 이야기를 조금 들여다볼 수 있었는데, 단 한순간도 예술가의 정체성을 놓지 않았다고 말하더라.

이후 꾸준히 그림을 그리고, 칠십이 넘어서 주목을 받기 시작했어. 지금은 아주 유명해졌지. 나이보다 그림으로 기억해 달라는 로즈 와일리의 말을 충분히 이해하지만 그의 그림을 보고 있으면 나이와 그림 모두를 생각할 수밖에 없어. 더 솔직히 말하자면 나는 그의 그림보다 나이를 더 좋아해. 로즈 와일리에게 나이는 곧 창작 방식이라고 생각하거든.

지나간 시간은 결코 되돌아오지 않아. 하지만 사라지지도 않지. 순간과 순간이 쌓여 나이가 들고 지금의 내가 되는 거니까. 어쩌면 나이는 한 사람이 겪은 모든 순간이지도 몰라, 그치? 로즈 와일리는 그림도 그렇게 생각하는 거 같아. 시작하고 완성할 때까지 그림과 자신이 겪은 순간을 함부로 버리지 않고 쌓아 두는 방식으로 그려.

내가 한참을 서서 바라본 그림 이야기를 해 줄게. 로즈 와일리는 커다란 그림을 많이 그려서 그 사이에 공책만 한 작은 그림들은 눈에 띄지 않을지도 몰라. 그런데 나는 이 그림들을 모아 둔 섹션이 가장 좋았어. 오래 나이를 쌓아 본 사람만이 갖출 수 있는 태도를 보았거든. 종잇조각들을 덕지덕지 붙여서 만들었는데, 보통의 콜라주와는 좀 달라서 이 그림을 콜라주라고 불러도 되는지 모르겠다. 실수나 잘못을 지우지 않고, 다른 종이에 그 부분만 다시 그려 오린 다음 실수나 잘못한 부분 위에 붙여서 완성한 그림들이야. 가장 위에 있는 종이 아래로 그전 실수와 잘못이 어슴푸레하게 드러나. 종이가 여러 겹 붙어 있는 부분도 있어.

이 그림들을 본 다음부터는 로즈 와일리의 모든 그림에서 '자국'들을 찾았어. 대형 작품은 캔버스와 캔버스를 스테이플러건으로 연결해서 만들었는데 캔버스 몇 개가 들었는지 한눈에 알아볼 수 있을 만큼 연결 지점이 그대로 드러나 있어. 떠오르는 생각을 연필로 메모한 흔적도 지우지 않았어. 그림을 완성하면 세워서 보관하지 않고 다른 그림들 위에 쌓아서 보관한다는데, 그러한 보관 방식 때문인지 사람이나 고양이의 발자국도 찾아볼 수 있지. 커다란 화면을 가득 채운 어떤 동물 그림은 실수를 물감으로 덮고 덮다가 그만 그렇게 커다랗게 되었다는 설명도 읽었어.

선명한 색채, 무구함, 일상에서 찾은 평범한 소재 — 로즈 와

○

일리의 빛나는 다른 개성들이 있지만 나는 '자국'들을 마치 작품 그 자체인 것처럼 보고 또 보았지. 로즈 와일리는 실수를, 잘못을, 그래서 생긴 후회를 지워 버리지 않아. 종이를 붙이고 물감을 덮지만 지난 실수와 잘못은 여전히 그 아래에 존재하지. 혹시 로즈 와일리의 그림은 과거를 후회하는 나 같은 사람들에게 힌트를 주는 건 아닐까?

*

어느 누구도 같은 강물에 발을 두 번 담글 수 없다.

한 번쯤 들어 봤을 거야. 고대 그리스 철학자 헤라클레이토스의 말이야. 강물이 계속 흐르는 것처럼 이 세상의 모든 것은 변한다는 뜻이지. 우리 앞에 강물이 있었다면 설명이 더 쉬웠을 텐데, 아쉽지만 수도꼭지를 열어서 쉬지 않고 흐르는 물을 같이 보자. 발 대신 손을 담그고 말이야. 처음 수도꼭지를 열었을 때 네 손 위에 닿았던 물과, 지금 이 순간 ('지금 이 순간'이라고 말하는 사이 지금이 지나가고 새로운 지금이 왔어!) 네 손 위를 흐르는 물은 같은 물이 아니야. 수도꼭지에서 막 나온 새로운 물은 네 손에 닿았다가 아래로 내려가 버린다, 그치? 이 물에 손을 대고 있는 너는 어때? 여기 가까이 이 물에 손을 대고 나서 달라진 네가 있어. 저기

멀리 오늘의 너와 달라진 10년 후에 네가 있고. 우리는 모두 쉬지 않고 흐르고 변해.

사실 나는 저 유명한 말을 그저 '모든 것은 흐르고 만물은 변한다.'는 뜻으로만 알고 있었어. 철학자 강유원의 책 『철학 고전 강의』를 읽기 전까지는 말이야. 하지만 더 중요한 뜻을 담고 있는 말이더라. 우리 같이 조금 더 생각해 보자. 계속 흐르는 강물들, '강'에 대해 말이야.

강이 강이 되려면 어딘가에서 물이 쉬지 않고 내려오고 또 어딘가로 물이 쉬지 않고 흘러가야 해. 이 물들이 모여 강이라는 정체성이 생길 거야. 강이 계속 강으로 존재하려면 강물들이 멈추지 '않고' 움직이는 힘이 있어야 한다는 뜻이야. 강과 다른 방식으로 존재하는 호수를 생각해 볼까? 호수가 호수가 되려면 흐르지 '않고' 계속 머무르려는 힘이 있어야 해. 호수가 머무르려는 움직임을 잃고 흐른다면 더는 호수가 아니라 강이 될 거야. 바위가 바위가 되려면 깨지지 '않고' 바위로 남을 수 있도록 움직이는 힘이 있어야 하고, 불이 불이 되려면 꺼지지 '않고' 불로 남을 수 있도록 움직이는 힘이 있어야 해. 이 세상의 모든 것은 자기답게 살기 위해 늘 변하고 있어. 그리고 이 변화는 '않고'에 맞서 움직이는 힘이지.

내가 나답게 살려면 나답지 않음에 맞서 움직이는 힘이 있어야겠지. 그렇다면 '나답지 않음'이 무엇인지 알아야 하고. 문제는, 어떤 사람도 나다움과 나답지 않음을 알고 태어나지 못한다는 거야. 나답지 않음을 알려면 직접 겪어 봐야 하는데, 바로 그 경험이 실수와 잘못 그리고 후회가 아닐까?

후회는 내가 나답게 존재하기 위해 반드시 필요한 조건일지도 몰라.

운이 나빠서 실수와 잘못만 반복하다가 완전히 잘못된 길로 들어서면 어떻게 하냐고? 괜찮아. 이 세계의 근본은 변화, 움직이는 힘이라고 했지? 잘못된 길 또한 통로라는 걸 잊지 마. 길은 단절되지 '않고' 어딘가로 이어지기 위해 움직이고 있어. 그래서 막다른 길은 없단다, 막다른 길 같은 느낌만 있을 뿐이야.

로즈 와일리의 그림으로 다시 돌아가 볼까. 로즈 와일리는 후회의 흔적을 지워 버리지 않아. 덧붙이고 또 덧붙여서 그 변화의 과정을 고스란히 드러내지. 여기저기 남아 있는 실수와 잘못의 자국 때문일까, 그의 그림은 종종 미완성 같다는 혹평을 받기도 한다는데 내 생각은 달라. 그 자국은 자기다운 그림을 그리기 위해 멈추지 않고 계속 흐르고 변화했다는 증거잖아. 마침내 자기다운 그림에 다다른 거야. 완성작이지.

자, 선생님은 후회를 지우기 위해 타임머신을 타고 돌아갈 필요가 없어졌어. '변화'라는 단어가 생겼거든. 덧붙이고 덧붙이며 '나'를 향해 계속 흐르는 거지. 후회가 두려워 움직이지 않는다면 나다운 나는 끝내 만날 수 없을 테니까. 나는 실수나 잘못을 했고, 하고 있으며, 하겠지. 하지만 덕분에 나답지 않은 길을 하나 알았고 오늘은 다른 길 위를 걸을 거야. 그러니까 우리 같이 마음 놓고 실수를 하자. 그리고 실컷 후회를 하는 거지. 지울 수도 없지만 지울 필요도 없어. 종이를 조금 잘라서 덮어 버리자. 그 위에 다시 그리면 돼.

　혹시 지금 후회를 하고 있니? 후회스러운 행동과 선택을 한 과거의 너를 미워하고 있을까? 미울 수도 있겠지. 뭐, 잠시 미워해도 괜찮아. 하지만 훌훌 털고 일어나 다시 걷자. 걷기만 한다면 너다운 길은 계속 이어질 테니까. 길은 잃지 않을 거야. 후회라는 나침반이 있거든. 너도 나도, 우리는 후회를 하며 온전한 존재가 되어 가는 중이란다.

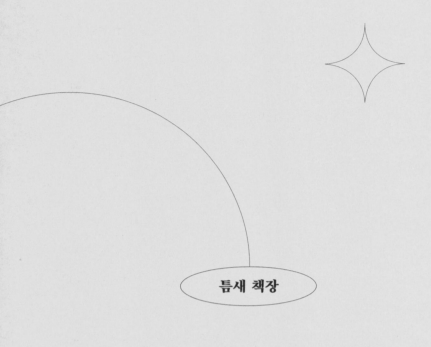

틈새 책장

『어려워』, 라울 니에토 구리디 지음, 문주선 옮김, 미디어창비, 2021

『키오스크』, 아네테 멜레세 지음, 김서정 옮김, 미래아이, 2021

『노력의 기쁨과 슬픔』, 올리비에 푸리올 지음, 조윤진 옮김, 다른, 2021

노력

리듬을 따라 계속 흐르는

'농담 반 진담 반'의 비율을 의심해. 반반이 섞여 있다고 하지만 사실 '오직 진담' 아닐까? 농담 반 진담 반이라며 웃으며 건네는 말에 화를 낼 수도 없고, 애써 웃으며 넘겼지만 마음이 무척 상했던 순간을 떠올리면, 농담 반 진담 반은 오직 진담이 맞아. 그것도 벼르고 벼른 진담.

어떤 말들은 너무 투명해서 말하는 사람의 속살을 다 보여주는 것 같아. 그런데 우리는 발가벗고 살 수 없잖아? 그대로 보여주기 어려운 말들에 농담 반이라는 얇은 옷을 입혀 놓는 거지. 충고나 비난을 전하고 싶은데 못된 사람이 되기 싫을 때 농담을 입기도 하고, 감정을 고백하거나 믿고 있는 이상과 진리를 표현하고

○

싶은데 아무도 믿지 않고 우스워질까 봐 농담을 입기도 하지. 우리는 농담 반 진담 반으로 진담을 전해.

자, 농담 반 진담 반으로 하는 말인데, 선생님은 책과 나의 운명을 믿어. 책과 나의 운명은 나로부터 시작하는 것 같아. 책은 어려운 일이 없지만, 삶은 늘 어렵거든. 종종 이런 상상을 해. 작은 방 안이고, 나는 한 손에 잔뜩 엉킨 실타래를 쥐고 서 있어. 실타래를 내려다보는 미간에 주름이 선명하지. 한참을 고민하다가, 차곡하고 빽빽한 책장을 바라봐. 다른 한 손으로 이리저리 책등을 가만히 쓸다 보면 어느 순간 책 한 권이 불쑥 튀어나오는 거야!

우리는 아주 어려운 문제를 엉킨 실타래에 비유하잖아, 정말 어디에서부터 손을 대야 할지 모르겠지. 그럴 때 만난 책들은 질문을 던져. 겉으로 보기에는 내가 가진 고민과 다가온 책이 전혀 다른 주제와 장르 같은데, 참 신기하단 말이지. 질문은 지름길을 피해 길고 느리게 다가오고 또 정답도 없지만 너무나 적절하거든. 엉킨 실타래의 한쪽 끝을 손에 쥔 기분이 들지. 실타래는 여전히 엉켜 있지만 나는 실의 시작을 손에 쥐고 있으니 이제 풀기만 하면 돼.

그래서, 노력이 뭔데?

○

　운명처럼 다가온 책들이 나에게 던진 질문이야. 나는 늘 그렇듯 엉킨 실타래를 손에 들고 어디에서부터 풀어야 할지 고민하고 있었고, 그때 나타난 책들은 놀랍게도 같은 질문을 했어. 한쪽 끝을 찾았으니 나머지는 내 몫이겠지. 엉킨 실타래를 어떻게 풀었는지 들려줄게.

　　✱✱

　나는 네가 쓴 소설이 참 좋았어. '그냥 남는' 자리에 앉는 아이와 그 아이를 눈여겨보는 다른 아이의 시선이 좋았어. 인간의 언어 대신 비인간의 언어로 채운 장면이 좋았어. 너를 알게 되어 좋았고, 네 작품의 첫 독자가 될 수 있어 좋았어.

　"못 쓰겠어요."

　솔직히 말하면 귀담아듣지 않았어. 또 시작이구나, 했던 것 같아. 종종 글쓰기가 어렵다고 투정을 부렸잖아. 하지만 너는 결국 써 냈고. 나는 여느 때처럼 "괜찮아."로 시작하는 긴 대답을 했지. 네가 얼마나 글을 잘 쓰는 아이인지 칭찬을 하고, 글쓰기의 어려움을 깊이 이해한다고 말했어. 못 써도 괜찮으니까 쉽게 생각하라고도 했지.

　누구나 그래. 나도 그런 적이 있었고. 너는 원래 글쓰기를 좋아하고 또 잘 썼던 아이니까 지금 이 장애물을 넘으면 돼. 눈앞에

뜀틀이 엄청 커다랗게 보이겠지만 도움닫기만 잘하면 문제 없어. 마인드 컨트롤을 하고 크게 숨을 쉬고 한 발 한 발 천천히, 그러다가 속도를 붙여 달리는 거지! 글감에 대해 충분히 생각을 하고, 적절한 단어들을 찾고, 단어들을 엮어 문장으로 만들고, 문장을 모아 문단으로 쌓는 거야. 내가 곁에서 도와줄게. 같이 노력하자. 할수 있지?

힘들겠지만 알을 깨고 나올 수 있도록 돕는 일이 나의 일이라 생각했고 왠지 용사가 된 느낌도 들었어. 하지만 너는 울 것 같은 얼굴이 됐어.

"노력해 볼게요. 그런데 뭔가를 쓴다는 그 자체가 너무 어려워요."

수업을 마치고 안녕히 계세요, 인사하는 너의 고개와 어깨를 오래 쳐다보았지. 마음이 한없이 무거워졌어. 도와주고 싶은데, 분명히 '옳은 방향'으로 돕고 있는 것도 같은데 너는 왜 더 힘들어 보일까. 이 실타래를 어떻게 풀어야 하지?

그때 내 손에 들어온 책이 작가 라울 니에토 구리디의 그림책 『어려워』야. 운명답게 그 어떤 예고도 하지 않고 선물의 형식을 빌려 내게로 왔어. 처음 제목을 보았을 때 무심히 고개를 끄덕였지. 어떤 책인지 알 것 같았거든. 그림책의 주요 독자는 어린이

○

고, 어린이들은 어려운 일을 겪으며 성장하지. (사실 어른이 되어도 계속 어려운 일을 겪으며 성장해.) 그래서 어려워하는 어린이와, 어린이의 마음을 이해 못 하는 어른과, 어린이를 돕는 또 다른 어른이 나오는 이야기가 참 많아. 누구에게나 어려운 일은 생기기 마련이고 포기하지 않고 계속 노력하다 보면 언젠가 어려움을 해결할 수 있다고 용기를 주지. 그런데 이 책은 이야기가 진행될수록 조금 이상해. 주인공이 용기를 가질 때가 됐는데, 계속 어렵기만 해. 말하는 건 몹시 어렵고, 대답하는 건 몹시 어렵고, 집중하는 건 몹시 어렵고, 이름을 부르는 건 몹시 어렵고.

말문을 여는 건 몹시 어려운 일이고 끝내 해결이 되지 않아. 독자는 주인공의 노력을 보는 대신 속마음을 들을 수 있지. 주인공이 속마음을 말할 때 배경은 온통 까만색이야. 까만 마음 안에서 밖으로 나오지 못하는 문장들. 그중 두 문장이 걸려서 한동안 책장을 넘기지 못했어.

사람들은 시간이 지나면 나아질 거라고들 한다. 그러니 참고 기다려야 한다고.

시간이 얼마나 흘러야 하는 걸까? 사람에 따라 하루 이틀일 수도 있고 몇 년이 걸릴 수도 있겠지. 어쩌면 평생이라는 시간이 필요할 수도 있어. 그동안 나는 반드시 '나아져야' 하는 불완전한 존재인 걸까? 그런데, 더 이상 나아지지 않아도 되는 완전한 존재가 이 세상에 있을까? 질문들은 순식간에 떠올랐지만 대답은 바로 하지 못하겠더라. 우리는 지금까지 배워 왔잖아, 어려움은 삶의 장애물이야. 그러니까 최선을 다해 뛰어넘고 부숴. 해결 방법은 분명히 있어. 포기하지 않고 노력한다면 무엇이든 이겨 낼 수 있어. (정말 그렇게 간단한 걸까?)

이 책의 번역자는 마지막 장에 있는 헌사 번역이 가장 어려웠대. 작가의 의도를 제대로 전달할 수 있을지 걱정이 되었다고 해.

있는 그대로 받아들여 주세요.

주인공이 계속 어려운 이야기 그리고 이 이야기를 만든 작가의 헌사. 우리는 이 문장을 어떻게 해석해야 할까? 우물쭈물하고 있는 사이에 내 손에 들어온 책이 작가 아네테 멜레세의 그림책 『키오스크』야. 운명답게 그 어떤 예고도 하지 않고 온라인 서점의 신간 소개 코너를 통해 내게로 왔어. '현실이 옥죄더라도 우리는 모두 꿈을 이룰 수 있다.' '중요한 건 무엇을 꿈꾸는가이다.' '꿈을 찾아 떠나는 여행'이라는 문장들이 눈에 띄었어. 열대 과일 맛 사탕을 닮은 선명한 색깔과 주인공의 느긋한 표정에서 여름 휴가를 떠올렸지. 구리디의 『어려워』와는 분위기가 너무 달라서 둘의 연관성을 예상하지 못했는데, 앞에서 미처 하지 못했던 대답을 찾았지 뭐야!

이 책의 주인공 올가는 키오스크에서 살아. 극장이나 카페에서 터치스크린 방식으로 주문을 하고 계산을 하는 작은 기계를 키오스크라고 부르지. 하지만 옛날에는 신문이나 잡지, 복권, 간단한 간식을 파는 작은 가판대를 가리켰어. 지금은 찾아보기 아주 어렵지만 예전에는 버스 정류장이나 지하철역마다 있었지. 키오스크는 올가의 인생이나 다름없었대. 올가는 어떤 기분이었을까? 거울에 비친 지루한 표정과 키오스크를 벗어나고 싶다는 바람을 보면, 많이 답답했을 것 같아.

올가는 석양이 황홀한 먼바다로 여행을 가고 싶다는 꿈을 꾸지. 하지만 키오스크를 벗어나기가 어려운가 봐. 여러 이유가 있겠지. 언젠가 다시 찾아오기로 약속한 사람이 있을 수도 있고 키오스크 바깥에서 큰 상처를 받았을 수도 있어. 키오스크가 반드시 지켜야 하는 전 재산일 수도 있겠다. 이유는 알 수 없지만, 확실한 하나는 올가에게 키오스크를 벗어나는 일은 아주 어렵다는 거야. 그러던 어느 날 올가는 꿈을 이루지. 과연 어떤 노력을 했을까?

선생님은 이 책에 대해 온라인 서점의 소개 글과는 다른 말을 하고 싶어. 올가가 꿈을 이룰 수 있었던 이유는 '꿈을 꾸었기' 때문도 '꿈을 찾아 떠났기' 때문도 아니야. 올가는 어떤 행동도 애써 하지 않았어. 어려움을 해결하려고 노력하는 대신 우연에 기대어 가지.

우연을 받아들인다는 말이 더 어울릴 수도 있겠다. 우연한 사건으로 키오스크가 뒤집어지고 우연한 사건으로 올가와 키오스크가 강물에 빠져. 그리고 우연히 석양이 황홀한 바다에 닿지. 우연은 내 의지와 상관없이 일어나는 크고 작은 일들이잖아. 올가는 온몸에 잔뜩 들어간 힘을 빼고 강물의 물결과 바다의 파도에 몸을 맡겼어. 키오스크와 함께 말이야. 조금 전에 말했던 구리디의 헌사 기억나지? 있는 그대로 받아들여 주라고 했잖아. 선생님은 올가를 보면서 이 헌사를 생각했어.

엉킨 실타래와 운명의 책, 그 마지막은 작가 올리비에 푸리올의 『노력의 기쁨과 슬픔』이야. "이 책 읽어 봤어요?" 운명답게 그 어떤 예고도 하지 않고 친구의 손을 건너 내게로 왔지. 제목을 보고 정말 놀랐어. 노력이 뭘까 고민하고 있었는데, 노력의 기쁨과 슬픔을 이야기하는 책이 나타나다니! 이 책의 모든 내용에 동의할 수는 없지만 열렬하게 동의하는 몇 부분을 통해 '노력'이라는 단어 수집을 마무리했지.

지금까지 우리가 알던 '노력'은 누구에게나 같은 의미였잖아.

○

최선, 인내, 끈기, 반복, 힘, 성공이라는 단어로 설명되었지. 그런데 노력 또한 아주 사적인 단어라는 거야. 노력의 모양과 생김새는 단 하나가 아니야. 노력은 기쁘고 슬프며 팽팽하고 느슨하며 거칠고 유연해. 뜀틀은 뛰어넘어 갈 수도 있지만, 옆으로 피해 갈 수도 있고 들어서 치워 버릴 수도 있지. 뜀틀을 들고 같이 걸을 수도 있어. 나와 너의 노력이 다르고 내 삶 속 각각의 노력도 달라.

그렇다고 모든 노력이 상대적이라고 오해하면 곤란해. 먼저 한 걸음 그다음에 또 한 걸음 멈추지 않고 걸어야 어딘가에 닿을 수 있다는 분명한 뜻이 있지. 그래서 노력은 물결과 파도를 닮았어. 모두 다 다른 속도와 모양을 가지고 있지만 '하나씩'이라는 리듬으로 계속 흐르니까.

지금 무엇인가 어렵다면, 당연한 거야. 우리는 모두 어려움을 가지고 산단다. 다른 사람 앞에서 큰 소리로 말을 못할 수도 있고 키오스크를 벗어나지 못할 수도 있어. 한 글자도 못 쓰겠다는 기분이 들 수도 있고. 하지만 어려움은 너를 구성하는 부분일 뿐이야. 있는 그대로 받아들이자. 대신 올가처럼 어려움과 같이 가야 해. 노력을 한다면, 그러니까 수많은 우연을 받아들이고 살피면서 리듬을 타고 어려움과 같이 흐르다 보면 너는 석양이 황홀한 바다에 닿을 수 있을 거야.

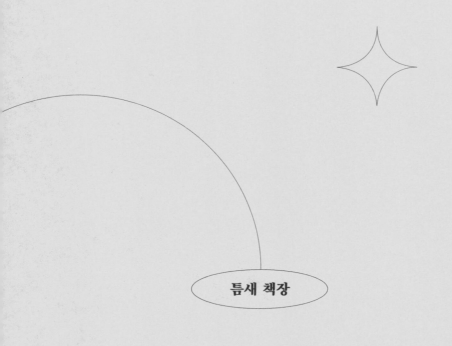

틈새 책장

『슬픔을 맛본 사람만이 자두 맛을 안다』, 장석주 지음, 여문책, 2018
<자하 하디드>, 마이클 크레이그 마틴의 그림

자아

오늘의 나는 오늘만큼 충분하므로

분명히 말해 두지만 나는 꽤 긍정적인 사람이야. 그런데 이 세상에는 듣기 힘든 말이 왜 이렇게 많은 걸까. 내가 너만 했을 때는 '사춘기'라는 단어가 참 싫었어. 나의 모든 마음과 말과 행동이 사춘기라는 단 하나의 단어로 번역되었으니까. 그럴 만한 이유가 있어서 웃지 않았을 뿐인데 엄마는 이웃 아주머니의 옆구리를 쿡 찌르며 윙크를 해. "쟤가 사춘기라서 그래." 그럴 만한 이유가 있어서 화를 냈는데 사과의 말 대신 윽박지르지. "아니, 별말도 아닌데 왜 이렇게 난리야. 너한테 무슨 말을 못 하겠다. 사춘기가 벼슬이야!" 나야말로 무슨 말을 못 하겠다고 생각했지. 아니, 무슨 말만 하면 사춘기 때문이래. 너무 억울하고 화가 났어.

○

　　사춘기를 국어사전에서 찾아보면 '육체적·정신적으로 성인이 되어 가는 시기'라는 문장을 읽을 수 있어. 어딘가 의심스럽지 않아? 한 사람을 케이크 자르듯이 육체와 정신으로 나눌 수 있는지도 모르겠고, 육체의 2차 성장에 대응하는 정신의 변화는 무엇인지도 모르겠어. 무엇보다 '성인'이라는 단어 위에 커다란 물음표가 생겨. 우리가 되어 간다는 이 '성인'은 어떤 사람을 가리키는 걸까. 만 19세가 된 모든 사람? 직업이 있어서 돈을 벌고 자기 몫의 생계를 책임질 수 있는 사람?

　　국어사전을 조금 더 넘겨 보자. 성인은 '자라서 어른이 된 사람'이야. 왠지 빙 돌아서 같은 자리로 돌아온 기분이다, 그치? 이번에는 어른의 뜻을 찾아볼게. '다 자란 사람'으로 시작하네. 그렇다면 성인은 다 자라서 더 자랄 데가 없는, 한 사람의 완성형이라 할 수 있고 사춘기는 미완성의 시기라고 할 수 있겠다. 미완성의 나는 진짜 내가 아니지. 그래서 우리는 진짜 나, 자아를 찾으라는 조언과 충고를 그렇게 오랫동안 들어야 했던 걸까? 사춘기라는 말을 주문처럼 듣고 사춘기가 된 나는 이제 자아를 찾아야만 해. 그런데 말이야, 자아는 어디에 있는 거지?

　　나는 자아를 찾아서 대학 전공을 고민했고, 직업을 구했어. 언제부터인지는 모르겠지만 어느 순간부터 자아는 곧 직업이라고 생각했거든. 그 어떤 의심도 없이 장래'희망' 칸에는 직업을 썼고 '꿈'이 무엇이냐는 질문에도 직업을 답하면서 자랐으니까. 하지만 나는 자아를 찾지 못했어. 월급이 많거나 존경이나 인정을 받는 직업도 아닌데 내 인생의 주인공이 아니라 회사의 부속품이 된 처지를 언제까지 견뎌야 하나, 매일 아침 생각했지. 그래서 배낭을 메고 여행을 떠났어. 자아는 낯선 장소와 특별한 경험 — 여행에서 찾을 수 있다는 말이 여기저기에서 구호처럼 울려 퍼졌거든. 자아를 찾는 데 국내보다는 해외 여행이 더 어울리는 것 같아 여러 나라와 도시로 떠났어. 친구들에게 뒤처지지 않을 만큼 인생을 즐기고 사진을 남기고 SNS에 전시했지. 하지만 추억은 자아가 될 수 없더라.

자아를 찾지 못해서 가장 힘들었을 때가 임신과 출산을 거쳐 육아를 하던 시기였어. 엄마가 되다니! 나는 장래희망 칸에 단 한 번도 엄마를 쓰지 않았어. 아무나 될 수 있는 엄마는 장래희망이 될 수 없잖아. 결국 나는 아무것도 되지 못한 거야. (지금은 이렇게 생각하지 않아. 하지만 그때는 이렇게 생각할 수밖에 없었지. 여자라면 누구나 엄마가 된다면서 누구도 엄마에 대해 알려 주지 않았으니까. 당연한 장래라면서 희망의 목록에서는 삭제되었다는 게 참 이상해.)

자꾸만 시간은 흐르고 이만큼 나이가 들었는데 아직도 미완성인 나의 삶은 실패작인가, 나에 대한 실망이 차올랐어. 그러

○

다가 지금까지 믿고 있던 '진실'을 부수는 문장을 찾았지. 운명처럼(앞에서 얘기한, 책과 나의 운명론 기억하지?) 내 손에 들어온 책을 읽다가 말이야. 그날은 시인 장석주의 산문집 『슬픔을 맛본 사람만이 자두 맛을 안다』를 읽고 있었어. 이 책은, 독서를 할 때 내면에 일렁이는 사유를 기록한 '독서 에세이'라서 또 다른 책들이 주인공으로 등장해. 하지만 나에게는 한 문장으로 남았어. 이 책 속에 모든 책들이 아니, 세상에 모든 책들이 이 문장 하나로 남았다고 해도 좋아.

그렇잖아, 책이 사람을 만든다는데 사실 나를 완전히 바꾼 책은 지금까지 없었거든. 그런데 장석주 시인의 이 문장은 단 한 번도 의심하지 않고 따르던 삶의 방향을 정반대로 바꾸었으니 세상 모든 책을 담을 만큼 커다랗겠지! 시인의 문장을 함께 읽어 보자.

자아는 찾는 것이 아니라 시간 속에서 빚어진다.

학교에서 배우고 세계가 요구하던 '진실'과 달랐지만, 책과 사유를 엮어 만든 시인의 말이잖아. 곰곰이 생각할 필요가 있지. 오래 걸리기는 했지만 비로소 깨달았어. 내가 그동안 무엇을 놓쳤는지. 선생님이 너에게도 이야기해 줄게. 너는 나처럼 지치고 힘들지 않았으면 좋겠거든.

**

먼저 '자아'와 '시간'의 관계를 생각해 볼까. 우리가 이 세계에 태어나기 전, 엄마의 몸 안에 있는 태아 시절로 돌아가 보자. 태아는 탯줄을 통해 영양분도 받고 산소도 받아. 스스로 숨을 쉬지 못하지. 그래서일까, 태아는 이름과 나이가 없어. 물론 태명을 짓고 임신 기간을 세긴 하지만 그 이름과 시간은 잠시 머물 뿐이야. 엄마의 몸 밖으로, 이 세계에 태어난 순간 폐로 숨을 쉬기 시작해. 스스로 숨을 쉬는 그 순간부터 나의 시계는 움직이기 시작하고 나는 이름을 얻게 되지. 살아 있음(生)과 시간의 단위(日)가 나란히 있는 '생일'을 생각해 봐. 나라는 사람과 나의 시간은 동시에 탄생해.

너는 너의 시간을 어떻게 쓰니? 방금 시간을 '쓴다'고 표현했지. 우리가 시간을 어떻게 생각하는지, 시간 뒤에 따라오는 말을 보면 알 수 있어. 시간을 쓰다, 시간을 보내다, 시간이 없다, 시간이 가다, 시간이 흐르다, 시간을 죽이다, 시간을 갖다. 우리는 자꾸만 시간을 물건처럼 생각해 (쓰다, 보내다, 없다, 죽이다, 갖다, 버리다). 하지만 시간은 내 것이 될 수 없어. 시간은 완전한 주체로 존재하거든 (흐르다, 가다).

내가 지금 시간이 있다고 말하든 없다고 말하든, 시간은 앞으로 나아가고 있어. 내 손을 잡고 말이야. 나는 시간을 가질 수

○

없지만 나란히 걸어야 하지. 시간과 나는 동반자야. 이미 지난 길은 되돌아갈 수 없는, 삶이라는 일방통행로를 같이 걷는 동반자.

애타게 자아를 찾았지만 끝내 찾을 수 없었던 이유는, 나와 시간의 관계 때문이었어. 나는 시간과 함께 태어나 같이 걷고 있기에 절대로 시간을 앞서서 존재할 수 없잖아. 지금 여기까지 남긴 발자국만이 나의 존재를 증명하는 유일한 증거가 될 거야.

지금 여기에 있는 '나'는 가짜이고 저기 저 너머 어딘가에 진짜 '나'가 있다고 믿어 왔는데, 틀렸어. 틀렸다니! 오래된 믿음이 산산조각이 났는데 이렇게 통쾌할 수 있는지. 그동안 자아를 찾지 못했다는 죄책감과 자괴감에 많이 짓눌려 있었나 봐. 더 기뻤던 것은, 자아는 끝까지 미완성이라는 거야. 오늘의 자아는, 어제의 자아에 새로운 경험을 덧붙이고 뻗어 가는 생각을 새기며 빚어낸 완전한 결과물이지. 끝까지 미완성이라면서, 완전한 결과물이기도 하다니 이상하지? 미완성이지만 완전한 자아에 대해 우리 같이 생각해 보자. 그림이 도와줄 거야.

선생님은 오늘 국립중앙박물관에 다녀왔어. 국립중앙박물관에서 '시대의 얼굴'이라는 제목 아래, 영국 국립 초상화 미술관이 가지고 있던 초상화 78점을 봤지. '셰익스피어부터 에드 시런까지'라는 부제에서 알 수 있듯이 16세기에서 현대에 이르기까지 다양한 얼굴이 있었어. 전시를 보기 전에는 초상화가 특별해봤자 얼마나 특별할까 별다른 기대를 하지 않았는데, 한 사람 한 사람 서로 다른 얼굴을 들여다보면서 초상화가 너무 좋아지는 거 있지. 초상화의 고유한 분위기에 빠졌지. 그림 속 인물과 내가 눈 마주치는 그 느낌을 뭐라고 표현해야 좋을까? 진부하지만 아무래도 '숨결'보다 마땅한 단어는 없는 것 같다. 저 사람이 살아온 시간만큼의 숨결이 고여 있는 그림들이었어. 그러니까 나는 누군가의 자아와 마주한 셈이지. 모두 인상 깊었지만, 특히 작가 마이클 크레이그 마틴의 작품은 오래오래 기억하고 싶었어.

마이클 크레이그 마틴은 세계적인 건축가 자하 하디드의 초상화를 그렸어. 우리가 같이 보았다면 좋았을 텐데. 아쉽지만 국립중앙박물관 유튜브에서 이 작품을 설명하는 영상을 볼 수 있으니 한번 찾아볼래? 이 작품은 우리에게 익숙한 초상화와는 아주 달라. 종이 대신 LCD 모니터에, 물감 대신 컴퓨터 소프트웨어로 그렸거든. 끊임없이 화면이 바뀌지만 동영상은 아니야. 얼굴이 나타나고 지나가. 그런데 사라지지 않아. 이 초상화는 영원히 변하지 않는 것과 영원히 변하는 것으로 이루어져 있어. 자하 하디드의 얼굴 윤곽을 그린 검은색 선은 고정되어 있고, 면을 채우는 각각의 색깔은 쉬지 않고 달라져. 선은 침묵하고 면은 말하고 있다는 느낌이 들기도 했어.

○

이 작품을 처음 본 순간 자하 하디드의 눈은 파란색, 얼굴은 보라색, 머리는 노란색, 옷은 회색, 배경은 분홍색이었는데 바로 다음 순간 눈과 얼굴과 머리와 옷과 배경 모든 색이 바뀌어 있더라. 컴퓨터 소프트웨어의 무작위 선택으로 화면이 변하기 때문에 수많은 색 조합이 생겨나서 정확히 동일한 이미지가 두 번 반복되는 일을 보기란 거의 불가능하다고 해.

그 끝없는 얼굴을 보고 또 보면서 '중첩되다'라는 단어를 떠올렸지. 어제의 일상과 오늘의 일상이 반복되고, 늘 걷던 길을 또 걷는다고 하더라도 그 길을 백 번째 걸은 나와 백한 번째 걸은 나 사이에는 작은 차이가 생길 거야. 그래서 어제의 나와 오늘의 나는 완전히 똑같을 수 없어. 내가 본 자하 하디드의 첫 번째 얼굴과 두 번째 얼굴, 그 뒤에 오는 모든 얼굴들이 달랐던 것처럼 말이야.

이 수많은 얼굴들이 마지막 단 하나의 얼굴을 완성하기 위한 과정이 아니라는 사실을 꼭 기억하자. 이 과정은 결코 완성될 수 없는 미완성이야. 하지만 각각 완전한 얼굴들이지. 어제의 얼굴은 어제만큼 충분한 나이고 오늘의 얼굴은 오늘만큼 충분한 나라는 걸 알았으면 좋겠어. 서로 다른 내가 겹쳐지고 포개어질 때 풍부하고 다채로운 색깔로 빛날 수 있다는 것도 잊지 마.

지금은 늦은 오후이고 곧 밤이 올 거야. 너의 오늘은 어떤 시간이 되었니? 자아를 찾으려고 지금을 희생하지마. 대신 지금은 자아가 되어 가는 시간이니 정성을 들이자. 차근차근 내가 좋아하는 시간을 모으는 거야. 좋아하는 시간을 쌓아 만든 나를 그 누구보다 좋아할 수 있도록.

2장

작은 소리에 귀 기울이기

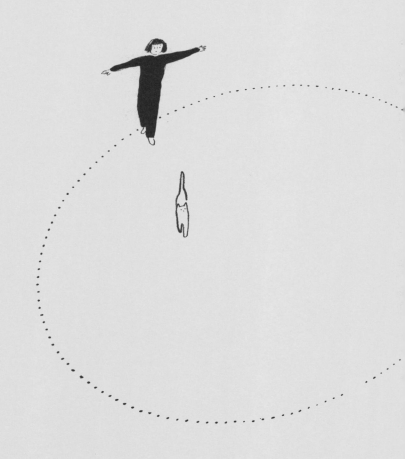

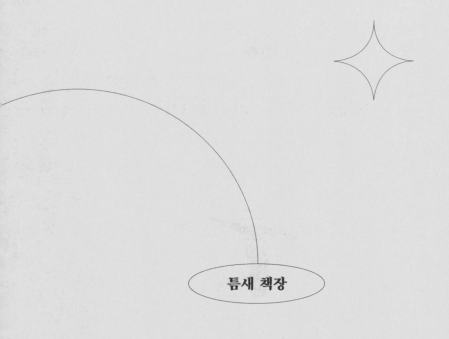

틈새 책장

『삶의 격』, 페터 비에리 지음, 문항심 옮김, 은행나무, 2014

『균형』, 유준재 지음, 문학동네, 2016

존엄성

모두에게 주어진 균형 감각

내가 너에게 건네는 말들은 나에게 하는 말이기도 해. 지금
보다 어린 나를 달래는 말, 자꾸만 주눅이 드는 나를 응원하는
말, 더 잘 해내지 않아도 괜찮다 위로하는 말, 지치고 힘들 때 스
스로를 돌보는 말, 좋은 사람이 되려면 품어야 하는 말, 행복하게
살고 싶다면 반드시 기억해야 하는 말. 하고 싶은 말도 듣고 싶은
말도 참 많다, 그치? 그런데 잘 생각해 보면 너와 나에게, 결국 내
가 건네려는 말은 단 한마디야. '나는 존엄하다.'

'나'와 '존엄'을 같이 쓰면 한쪽으로 기운 문장이 되는 것 같
아. 나는 가볍고 존엄은 무겁지. 존엄은 아주 오래된 성당 천장에
있는 그림을 닮았어. 쉽게 손 닿을 수 없는 곳에서 나를 내려다보

○

는 단어. 너는 아마 두꺼운데 글씨까지 작은 책이나, 사회 교과서 아니면 신문 기사에서 '존엄'을 봤을 거야. '모든 인간은 존엄하다.' '노동은 존엄하다.' '무엇이 존엄한 죽음인가.' '천부적인 권리, 존엄' '인간의 평등과 존엄'. 존엄 곁에는 인간, 노동, 죽음, 권리, 평등 같이 엄숙하고 진지한 단어가 있어. 그런데 잘 생각해 봐. 모두 사람에 대한 단어잖아. 나의 삶이 먼저 있을 때 비로소 생길 수 있는 단어. 그러니까 존엄은 내 곁에 있어야 하지 않을까? 존엄이 나의 삶에 잘 자리 잡고 있는지 틈틈이 살필 수 있도록 말이야. 중요하다면 그만큼 일상적인 단어로 쓰여야 한다고 생각해.

철학자이자 소설가 페터 비에리는 그의 책 『삶의 격』 서문에서 이렇게 묻지.

존엄성이란 아주 중요한 것, 절대 훼손되어서는 안 되는 것이라고 모두들 알고 있다. 그러나 정확하게 무얼 말하는 것인가?

그리고 그에 대한 대답을 하기 위해 존엄을 바라보는 다른 시선을 제안해. 진리가 아니라 방법으로 볼 것. 존엄은 저기 저 높은 곳에 있는 절대적인 진리가 아니라, 삶을 살아가는 구체적인 방법이라는 거지.

조금 더 찬찬히 이야기해 보자. 존엄성이 삶을 살아가는 구체적인 방법이라면 삶의 주체인 나, 그러니까 '자아'에서 시작해야겠다. 우리 지난 시간 나누었던 이야기를 떠올려 볼까. 자아는 찾는 것이 아니라 내가 살아온 시간이 쌓여 만드는 것이라고 했어. 그렇다면 나는 무엇이 될 것인가 묻는 대신 어떻게 살 것인가 물어야 하겠지. '무엇'에 대한 답은 단 하나의 명사로도 완성되지만 '어떻게'에 대한 답은 명사로는 부족할 거야.

너는 어떻게 살고 싶어? 선생님은 점점 나아지는 사람이 되고 싶어. 다정하고 예민하게 주변을 살피는 사람이 되고 싶어. 좋아하는 일이 많아서 나의 시간을 기쁜 마음으로 채우고 싶어. 취미 생활자라는 단어가 꽤 마음에 드는데, 이 단어로 나를 소개해도 어색하지 않은 삶을 살고 싶어.

어떻게 살 것인가에 대답하려면 명사는 물론 동사나 형용사가 필요해. 여러 모양의 단어들이 자꾸만 끼어들지. 이 말은 나의 삶과 이 세계가 연결되어 있고 또 끊임없이 영향을 주고받는다는 뜻이야. 더 솔직하게 말하자면 아무리 내 삶이라 하더라도 내 뜻대로 안 된다는 뜻이기도 하고. 나의 삶은 이 세계의 영향으로 더 나아질 수 있지만 방해받고 무너질 수도 있어. 그때 존엄이라는 구체적인 방법이 필요한 거야.

○

페터 비에리는 존엄성을 균형의 이미지로 설명했어. 이 세상 어느 누구도 항상 행복하기만 할 수는 없어. 너도 잘 알고 있을 거야. 하지만 이 세상 모두가 존엄할 수는 있지. 우리에게는 비틀거리더라도 쓰러지지 않는, 행여 넘어지더라도 다시 일어설 수 있는 균형 감각이 있거든. 그 '감각 있음'을 잊지 않는 태도가 바로 존엄성이지.

이쯤에서 다시 한번 자아라는 단어와 그 의미를 꺼내 보자. 자아는 시간 기억으로 이루어진다고 했어. 내가 쌓아 온 과거의 시간 조각들이 정체성을 이루지. 이 짧은 문장 앞에서 우리는 여러 생각을 할 수 있을 거야. 삶은 일어난 사건들의 합이라는 것, 그 누구도 아닌 내가 선택하고 결정한다는 것, 순간을 충만하고 충실하게 살아야 한다는 것.

그리고, 살아온 삶이 내 발목을 잡고 있다는 것.

잠깐 선생님 이야기를 할게. 무거운 자아에 끌려 오래 비틀거렸던 사람이거든. 이런 이야기가 부끄럽지만 다르게 생각하면 나는 균형 감각을 회복하고 또 이만큼 살아 낸 사람이잖아. 그러니까 들어 줘. 다 듣고서 잘 해냈다고 칭찬을 전해 주어도 괜찮아.

열세 살이 되던 해, 나는 왕따였어. 우리 반에서 대장 노릇을 하는 아이의 말을 듣지 않았거든. 그때 우리 사이에서는 투명하게 빛나는 끈으로 만든 반지가 유행했어. 나도 문방구에 가서 신중하게 색깔을 고르고 가로세로 엮어서 반지를 만들었지. 정말 예뻤고 마음에 들었어. 그런데 그 아이가 내가 만든 반지를 달라고 하더라. 반지 만들기가 그리 어려운 일은 아니지만 어렵지 않은 모든 일이 쉬운 것도 아니야. 나는 내 반지를 그 아이에게 주기 싫었어. 하나를 더 만들어서 주겠다고 했는데 그 아이는 지금 바로 내 손에 있는 반지가 갖고 싶다는 거야. 나는 거절했어. 그리고 왕따가 되었지. 왕따로 지내면서 그 아이의 눈초리가 무서워 반지는 손가락에 한번 끼지도 못했는데, 그냥 줄걸. 그냥 줬다면 아무렇지도 않게 학교를 다녔을 텐데. 얼마나 후회했는지 몰라. 아주 호된 따돌림이었어.

선생님은 용감한 아이가 아니었어. 여름 방학이 끝나 가던 날, 그 아이에게 전화를 걸어서 만나자고 했어. 그리고 미안하다는 말을 길게 쓴 편지와 왕따의 원인이었던 반지를 주었지. 그 아이를 만나러 가는 길에 가슴이 쿵쿵 뛰었어. 내 사과를 안 받아 주면 어떻게 하지? 두렵기도 했고, 나는 왜 사과를 해야 할까? 속상하기도 했거든.

이 경험과 기억은 자아가 되었고, 아주 오랫동안 나를 괴롭

○

혔지. 분명히 그 아이가 잘못했잖아. 그런데 내 잘못처럼 여겨지는 거야. 내가 공부를 잘했다면, 예뻤다면, 착했다면, 그래서 인기가 많았다면 이런 일을 겪지 않아도 되었을 텐데. 나를 원망했어. 더 끔찍한 것은 '이런' 나는 가만히 있어야 한다는 생각이었어. '네가 뭐라고' 속삭이는 목소리가 마음 전체에 울렸어. 나의 생각이 아니라 남의 생각이 더 중요했지. 내 앞에 있는 저 사람이 짓는 순간의 표정까지 알아차리고 응답하려 애썼어. 내가 알고 있는 나보다 저 사람이 알고 있는 나를 신뢰했어. 늘 바빴지. 나에 대해 생각할 겨를이 없을 정도로 말이야. 그리고 망설였어. '이런' 내가, 다른 내가 되어도 괜찮을까? 왕따를 당한 열세 살의 삶이 곧 나의 자아라면, 나는 어떤 사람인 거지?

**

자아가 무거워서 힘들 때마다 들여다보는 책이 있어. 작가 유준재가 쓰고 그린 그림책 『균형』이야. 표지를 한번 볼까, 하얀 바탕에 파란색 공이 아름답지. 공 위에서 균형을 잡고 있는 아이가 보여. 너도 오래 기억하기를 바라는 이미지란다.

이 아이는 공 위에서, 시소 위에서, 그네에서, 공중에 매달린 줄 위에서 균형을 잡아. 너와 나의 삶처럼 말이야. 우리가 디디고 있는 세계는 단단하거나 안전하지 않아. 어디론가 기울어 버리는 것들을 닮았지. 그래서 자꾸만 넘어지고 쓰러지고 다치는 거야. 산다는 건 어렵고 두려운 일이지. 하지만 '감각 있음'을 잊지 말자. 우리는 균형을 잡을 수 있어.

선생님의 열세 살은 이미 지나간 시간이고 바꿀 수 없어. 왕따를 당한 여자아이는 나의 자아야. 여전히 내 안에 있지. 그래서 나는 종종 기울어. 이대로 넘어질 것 같은 기분이 들 때도 있어. 그렇지만 괜찮아. 아직 오지 않은 미래로 균형을 맞추면 돼. 우리 한번 균형 감각을 발휘해 볼까. 파란 공 위에 서 있다고 상상해 보자. 수직으로 곧게 뻗은 몸통을 중심축으로, 수평으로 길게 뻗은 양팔이 어느 한쪽으로 기울지 않도록 힘을 나누어야 해. 나의 과거가 왼쪽에서부터 채워지고 있다면 나의 미래는 오른쪽을 향해 나아가야 하지. 그래야 몸통은 튼튼하게 공 위에서 자리 잡을 수 있을 거야. 과거가 모이고 쌓여 왼쪽에 힘이 실린다면, 내가 되고 싶은 나를 상상하면서 오른쪽에 집중을 하자. 앞으로 살아갈 미래는 언젠가 과거가 될 것이고 이 과거가 쌓여 자아가 만들어진다는 걸 잊지 않았으면 좋겠어.

누구나 살아온 삶이 있을 거야. 그 삶이 좋든 싫든 그 삶으로부터 완전히 자유로울 수는 없겠지. 우리는 살아온 삶에 종속되어 있어. 하지만 살아갈 삶이 남았다는 걸 기억해. 내가 소망하

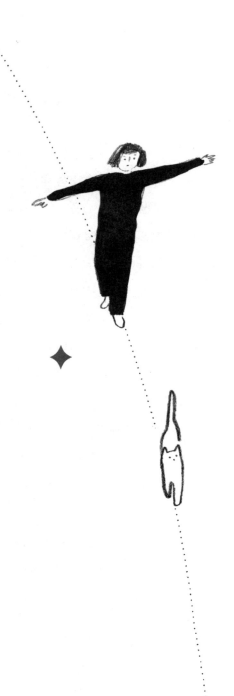

고, 소망을 말하고, 소망을 향한 방향을 살피고, 그쪽으로 걷겠다고 결정할 수 있다는 걸 잊지 마. 혹시 스스로가 싫어질 때가 있었니? 그럼 그때 존엄성이라는 단어를 꺼내자. 넘어지지 않도록 균형 감각을 유지하고 힘을 잘 분배하는 거야. 살아온 삶이 아니라 살아갈 삶 쪽에 나의 무게를 실어 보는 거지. 내가 되고 싶은 나의 모습이 저기에 있으니 저쪽으로 가면 된단다.

아, 하나만 더 덧붙일게. 그림책 속 파란 공 위에서 균형을 잡고 있는 아이는 혼자가 아니야. 사실은 조금 떨린다고 고백하는 아이의 손을 친구가 잡아 주거든. 잡은 손이 있어 아이는 용기를 가지고 균형을 잡으려는 시도를 할 수 있었어. 존엄성, 그러니까 균형 감각은 특별한 재능이 아니라 우리 모두가 타고나는 감각이야. 누구든 균형을 잡을 수 있는 거지. 무거운 과거 때문에 기울어져 있는 사람이 용기를 가지고 미래를 향해 손을 뻗으려고 한다면, 그렇게 일어서서 균형을 잡으려고 한다면, 우리 기꺼이 손을 내밀어 도와주자. 닫힌 미래는 없어.

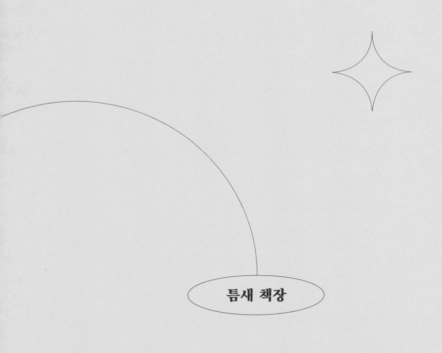

틈새 책장

『프레드릭』, 레오 리오니 지음, 최순희 옮김, 시공주니어, 2013
『랩걸』, 호프 자런 지음, 김희정 옮김, 알마, 2017

특별

평범한 진실 하나를 발견한다면

"넌 아주 특별하단다. 네가 원하는 것이라면 넌 무엇이든 할 수 있어."

마음이 따뜻해지는 이야기 속 주인공에게는 늘 조력자가 나타나고 이런 말을 하지. 그럼 주인공은 스스로를 믿고 도전을 하고 성공도 할 수 있어. 어릴 때는 이야기를 읽다 보면 주인공을 마치 나처럼 느끼기 마련이고 이야기 속 주인공이 듣는 조력자의 말은 나에게 하는 말이 되잖아. 어디 그뿐이니, 현실 속에 나의 엄마도 어린 나를 꼭 안고 늘 말해 주었어. '넌 아주 특별한 아이야.' 그래서일까? 놀랍게도, 나는 내가 정말 특별한 줄 알았지 뭐야. 특별한 나는 특별하게 살 것이라고 믿었어.

○

그런데 살다 보니 나는 참 평범하더라. 특별한 사람은 눈에 띄기 마련인데, 눈에 띄게 공부를 잘하는 것도 아니고 눈에 띄게 재능이 있는 것도 아니고 눈에 띄게 예쁘거나 착한 것도 아니고 심지어 눈에 띄는 행운이 있는 것도 아니었어. 눈에 띄지 못하니까 이름이 있어도 무명으로 살았지. 당연히 프레드릭인 줄 알았는데 막상 살아 보니 프레드릭이 아니었던 거야.

아, 프레드릭은 레오 리오니의 그림책 『프레드릭』의 주인공 들쥐 이름이야. 주인공이니까 당연히 특별한 들쥐겠지? 그림책 속 평범한 들쥐 네 마리는 매일매일 겨울을 대비해. 바쁘게 왔다가 갔다가, 옥수수와 나무 열매와 밀과 짚을 모으지. 평범한 들쥐들이 일을 하는 동안 프레드릭도 자기만의 일을 하고 있어. 눈을 반만 뜨고 가만히 햇살과 색깔과 이야기를 모으고 모아. 어느새 겨울이 되었어. 지난 계절 열심히 일을 한 덕분에 들쥐들은 넉넉하게 겨울을 시작하지. 먹이를 실컷 먹고 이야기를 나누며 지내. 그렇지만 저장해 둔 먹이는 점점 떨어지고 그들의 거처에는 찬바람이 스며들어.

기운 없는 침묵이 감돌 때, 프레드릭이 등장하지. 프레드릭은 들쥐들에게 금빛 햇살과 초록빛 딸기 덤불과 계절에 대해 이야기해 줘. 어느새 들쥐들 사이에는 따뜻한 기운이 내리고 박수와 감탄이 쏟아져. "프레드릭, 넌 시인이야!" 프레드릭은 빙긋 웃으며 대답해. "나도 잘 알아."

　프레드릭은 나다운 삶을 꾸려 나가지. 반면에 다른 모든 들쥐들은 '원래 그런' 삶을 살아. 그 어떤 변화도 시도하지 않고 같은 일을 열심히 반복해. 그래서 프레드릭은 더 특별해. 모두가 옳다고 믿는 목적이 분명한 공동체 속에서 자기만의 목적을 세우기란 쉽지 않잖아. 파란색 물속에 담근 천은 서서히 그러나 결국은 파란색 옷감이 되는 것처럼 한 공동체 속에 개인들은 비슷한 생각을 하게 되는데, 프레드릭은 스스로를 확신하고 망설임 없이 나아갔어. 모두와 다른 길, 두려운 모험이고 무모한 도전이었을 그 길을 자신 있게 걸어갔지. 마침내 프레드릭이 옳았음을 증명했고.

　너는 프레드릭이니, 아니면 들쥐니?

　나는 들쥐야. 평범하니까. 학교와 학원에서 시키는 숙제를 하고 친구들과 거의 모든 취향을 공유하는, 어떤 특징이랄 것 하나 없는 학창 시절을 보냈어. 성실히 공부해서 대학에 입학했고 보통의 청춘처럼 여행도 가고 연애도 하고 취업 준비로 바빴지. 적당한 회사에 들어가 일도 하고 적령기에 결혼도 하고 아이도 낳았어. 어디 하나 모난 데가 없지? 당연하지. 정해진 경로나 노선

○

을 착실하게 따라왔으니까. 이탈이나 변경을 자유롭고 자신 있게 시도하는, 반짝반짝 빛나는 사람들을 흘끔거리며 부러워하면서도 벗어나기가 참 어렵더라. 나만의 목적을 확신하기에는 겁이 너무 많았기 때문일까? 지금이 주는 익숙함과 편안함에 만족했기 때문일까? 다른 사람의 시선과 평가에 신경을 썼기 때문일까? 아무래도 별다른 재능이 없었기 때문이겠지?

선생님이 좋아하던 뮤지션이 있었어. 노래도 잘 부르고 글도 잘 쓰는 아주 근사한 사람이었어. 다른 날과 다름없이 아침 일곱 시에 지하철을 타고 출근을 하는데 챙겨 든 신문인가 잡지에 그 뮤지션의 인터뷰 기사가 나온 거야. 어떤 질문인지는 기억이 잘 안 나는데, 그 대답이 아주 선명해. 매일 같은 시간에 같은 표정으로 같은 일을 반복하는 삶을 어떻게 사는지 모르겠다고 했어. 그런 삶을 살 수가 없다고도 했지. 고개를 들어 까만 창문에 비친 내 얼굴을 마주 보았어. 지극히 평범한 얼굴.

**

특별한 사람들은 평범한 사람들에게 조언을 해. 나 스스로를 사랑하세요. (사랑하는데요.) 내 인생의 주인공은 바로 나입니다. (그런데 세상이라는 무대 위에 서야 하잖아요. 무대에는 주인공이 있고요.) 나는 고유한 존재입니다. (그 사실은 저만 알던걸요.) 현실에

안주하지 말고 노력한다면 꿈을 찾을 수 있어요. (이 현실도 얼마나 힘들게 얻은 건데요.)

그 어떤 말도 다 가짜 같았어. 특별한 프레드릭은 이름이 있는데 평범한 들쥐 네 마리는 이름이 없는 이유를 설명하지 못하잖아. 내 인생의 주인공은 바로 나이지만 이 세상이라는 무대 위에서는 그저 들쥐 1인 거야. 특별하지 못하고 평범하기만 해서 자꾸 주눅이 들더라. 이렇게 살아도 되나, 오랫동안 평범한 나의 삶을 의심하고 미워했어.

그러던 어느 날, 과학자 호프 자런이 쓴 에세이 『랩걸』을 읽었어. 여성, 엄마, 과학자. 호프 자런을 소개하는 여러 정체성이 있지만, 선생님에게 호프 자런은 '단어를 평등하게 쓰는 사람'이야.

태초에 단어는 평등하지 않을까? 모든 단어는, 단어이기 때문에 자신만의 의미를 가질 거야. 하지만 단어의 평등은 세계에 진입하는 순간부터 무너지고 말지. 생각해 봐, '도전'이라는 단어는 '일상'이나 '반복'보다 더 중요하게 쓰이곤 해. 우리는 긍정적이고 진취적인 자세로 늘 도전을 해야 해. 진정한 '나'는 일상에 있지 않으므로 새로운 삶을 꿈꿔야 하지. 쳇바퀴처럼 반복되는 일상에서 벗어나라는 말은 수없이 들었어도 새로운 도전을 포기하라는 말은 듣지 못했을걸. 이 세상은, 더 중요한 단어와 덜 중요한 단

○

어를 구분하고 또 요구해.

단어를 평등하게 쓰는 사람의 삶은 그래서 소중하지. 호프 자런은 도전이나 성공만큼 일상이나 반복 그리고 실패를 중요하게 쓰는 사람이야. 『랩걸』은 호프 자런의 자전적인 에세이인데, 과학자로서 살아 내는 삶과, 그 삶을 걸고 연구하는 나무의 삶이 교차해. 과학자와 과학자의 나무는 씨실과 날실처럼 서로에게 기대어 하나의 면을 만들어 내는데 그것은 태도에 대해 말하고 있어. 단어를 평등하게 대하는 태도. 성공이든 실패든 특별이든 평범이든 삶에서 마주친 모든 단어를 그러안는 태도.

과학자의 일을 들여다보면, 그렇게 특별하지 않다는 사실을 알게 될 거야. 도전과 성공이라는 단어보다는 반복과 실패라는 단어에 더 가깝지. 몇 시간씩 같은 자리에 앉아 삽으로 흙을 파내고, 별다른 차이가 없을 것 같은데 겨우 1cm씩 움직이며 표본을 채취하고, 정확한 위치를 일일이 손으로 적어 넣어. 아주 미세한 조건을 바꿔 가며 같은 실험을 반복하거나, 지원금을 얻어 내기 위한 보고서를 쓰고 또 써야 해. 하지만 반복과 실패라도 차곡차곡 쌓이면 결말에 다다르기 마련이지. 호프 자런은 이러한 과정을 통해 진실을 알게 되었어. 이 책에서 선생님이 가장 좋아하는 장면이야. 호프 자런이 '과학자가 되던 날'이라고 표현하는 어느 밤.

호프 자런은 박사 논문을 쓰려고 오래 준비했던 실험을 시작해. 그런데 실험 결과가 예상했던 것과 다른 거야. 몇 번을 다시 실험해도 똑같은 결과를 얻었어. 지금까지 발견된 사실을 기반으로 세운 가설이 틀렸다는 건, "한 시간 전만 해도 완전히 미지의 사실이었던 것"이 드러났다는 뜻이지. 그 순간 호프 자런은 그토록 원하던 과학자가 되었음을 실감해. 이 부분은 호프 자런의 목소리를 직접 들어 보자.

이 가루가 오팔로 만들어졌다는 사실을 아는 것은 무한대로 확장되고 있는 이 우주에 단 한 사람, 나뿐이었다. 상상할 수도 없이 많은 사람들이 사는 이 넓고 넓은 세상에서 나, 작고 부족한 내가 특별한 존재가 된 것이다. 나는 나만의 독특하고 별난 유전자들이 모여서 생긴 존재일 뿐 아니라 창조에 관해 내가 알게 된 그 작은 진실 덕분에, 그리고 내가 보고 이해한 그 진실 덕분에 실존적으로 독특한 존재가 되었다.

이 문장을 읽으면서 특별과 평범의 뜻과 경계가 와르르 무너졌어. 특별이란 남과 다른, 재능이 있는, 주목받는, 유명한 것이라 생각해 왔거든. 하지만 틀렸어. 우리는 모두 같은 방식으로 평범

○

하게 태어나서 다른 방식으로 특별하게 자라나. 나는 지금 인간은 고유한 존재이고 그래서 특별하다는, 그렇고 그런 말을 하려는 게 아니야.

우리는 모두 발견을 할 수 있는 존재라는 걸 말해 주고 싶어. '발견'에 대해 설명을 덧붙여야 할 것 같다. 호프 자런이 특별한 존재가 될 수 있었던 이유는 어떤 물질이 오팔로 만들어졌다는 '사실을 발견한 사람'이기 때문이 아니야. 생각해 봐, 그 '사실'이 현실에서 별로 중요하지 않다면, 그래서 쓸모없는 실험과 발견이 되었다면? '사실'의 가치에 따라 호프 자런은 특별하거나 평범한 과학자가 되겠지. 하지만 호프 자런은 이 사실을 아는 사람은 우주에 나밖에 없다는 '의미를 발견한 사람'이기 때문에 특별한 존재가 될 수 있었어. 사람은 살아 있는 한 누구나 경험을 하지? 이 경험을 단순한 사실이 아니라 나만의 의미를 부여한 진실로 만들 때, 그러니까 나만의 이야기를 지을 때 우리는 비로소 특별해질 수 있는 거야.

참, 하나 더 말해 주고 싶어. 프레드릭이 특별했던 것은 프레드릭 역시 의미를 발견하고 자신만의 이야기를 지었기 때문이지. 그런데 더 중요한 게 뭔지 알아? 프레드릭의 이야기를 들어 줄 들쥐들이 있었다는 것. 그 들쥐들이 없었다면 프레드릭은 결코 특별해지지 못했을 거야. 특별한 '내가' 여기에 있음을 알아보는 '네가' 있어야 하니까. 그렇다면 우리가 평범한 들쥐들의 이야기에 귀 기울일 때 그들 역시 특별한 존재가 될 수 있다는 뜻이기도 하겠지? 평범한 들쥐들은 짚을 나르던 가을에 어떤 생각을 했을까, 풀벌레 소리 짙은 여름밤에 무슨 대화를 나누었을까, 봄에 피는 꽃을 좋아할까? 아! 가장 먼저 들쥐들의 이름을 물어볼 거야.

오늘 이야기는 여기서 마칠게. 평범한 진실 하나를 발견한 나의 이야기를 네가 들어 주어서 나는 특별한 존재가 되었어. 고마워. 이제 네 차례야. 작든 크든 상관없어. 의미를 발견하고 이야기를 지어 봐. 내가, 아니, 우리가 들어 줄게.

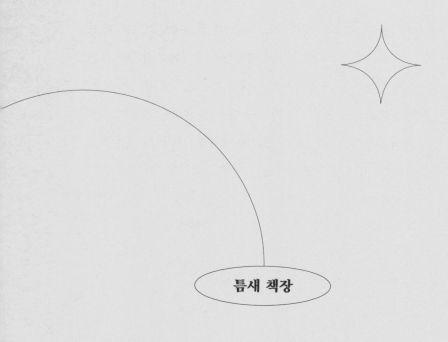

틈새 책장

『무지한 스승』, 자크 랑시에르 지음, 양창렬 옮김, 궁리, 2016
『엄마가 그랬어』, 야엘 프랑켈 지음, 문주선 옮김, 모래알(키다리), 2022

공부
우리가 나란히 앉아 글을 쓸 때

창문은 밤을 위해 필요한 건지도 몰라. 너와 나란히 앉아 글을 쓰기 전에는 미처 하지 못했던 생각이야. 나는 창문 너머로 보이는 나무들이 좋았거든. 나무들이 보고 싶어서 바깥을 향해 열려 있는 창문이 필요했지.

우리의 수업 시간은 밤이 내려오는 시간. 오후에서 저녁으로 넘어가면서 바깥은 점점 어두워지고 나무들은 보이지 않아. 창문은 까맣게 칠한 벽이 된다고 생각했어. 그런데 그 창문에 우리가 비치더라. 나무 대신 우리가 보였어. 어제도 고개를 돌려 창문을 봤지. 그리고 낮에는 가만한 나무들이 밤이 되면 글을 쓰는 사람들로 변하는 이야기를 상상했어. 어때, 그럴듯하지? 너와 나는 낮

○

에는 나무로 살다가 밤에는 글을 쓰는 사람이야.

사실 처음에는 기대를 많이 했어. 너는 내가 만든 수업을 듣고 창의적인 아이디어를 내고 자신 있게 표현하는 이 시대의 '인재'로 성장할 수 있지 않을까. 마주 앉은 시간과 공간을 가득 채울 목소리를 상상했지. 네가 기억할지 모르겠다. 나는 아주 선명한데. 너와의 첫 수업을 위해 준비를 많이 했거든. 그림책 한 권을 보여 주며 작가가 말하고자 하는 주제와 가치가 무엇인지, 이를 드러내기 위해 어떤 비유와 상징을 썼는지 열심히 가르쳤어. 그리고 질문했어. 이해했지? 자, 대답해 봐. 질문에 대한 너의 답은, 잘 모르겠어요.

시간이 아무리 지나도 여전히 말을 안 하는 (어쩌면 못 했던) 네가 답답하기도 하고, 훌륭한 선생님이 되고 싶은 내 마음을 네가 몰라주는 것 같아서 속상하기도 했어. 수업을 마치고 집으로 돌아가는 어느 밤에는 조금 울었던 것 같기도 해. 하지만 이제 알아. 문제는 네가 아니라 나였지. 변명을 조금 하자면 나 역시 지금까지, 아주 오랫동안 이런 방법으로 수업을 받고 공부를 해 와서 다른 길이 있음을 몰랐어.

철학자 자크 랑시에르의 『무지한 스승』을 읽었어. 그 안에서 나를, 나의 스승을, 나의 스승의 스승을 찾을 수 있었어. 아, 그리고 너도 있었어. 너는 자크 랑시에르를 읽지 않았지만, 이미 알고 있었던 건지도 몰라. 무엇이 공부인지.

선생님은 제목만 보고는 이 책은 게으른 스승에 대한 비판을 담았을 거라고 예상했어. 스승이란 많이 아는 사람, 그래서 설명을 잘할 수 있는 사람이 되어야 하잖아. 무지하면 안 되지. 하지만 자크 랑시에르는 전혀 다른 이야기를 하더라고.

*

나는 성실한 선생님이야. 그리고 훌륭한 선생님이 되고 싶었지. 학식이 깊고 넓을수록 훌륭한 선생님일 텐데 학식의 깊이와 넓이에는 끝이 없으니 스스로를 늘 부족한 상태라고 느꼈어. 더 많이 알아야 하니까 계속 공부를 했지. 지금까지 공부했던 대로, 나보다 더 많이 알고 있는 선생님을 찾아 수업을 들었어. 그 선생님이 알려 준 책을 정해 준 방법대로 읽고 선생님의 설명을 통해 내용을 이해하고 습득했어. 그다음 너를 만나면 책을 알려 주고 읽는 방법을 정해 주고 내용을 설명하고 이해와 습득을 확인했지. 공부는 원래 그런 거잖아. 나보다 더 똑똑한 사람을 찾아서 설명을 듣고 이해하는 것. 나보다 덜 똑똑한 사람에게 설명을 하고 이해시키는 것. 우리는 단 한 번도 의심하지 않고 푯말을 따라 계단을 하나씩 올라가고 있어. 끝은 없지. 내가 몇 칸을 오르든 반드시 한 칸 위에는 나보다 더 똑똑한 사람이 기다리고 있을 테니까.

○

하지만 자크 랑시에르는 이런 공부의 위계에서 벗어나야 한다고 말해. 다른 스승과 다를 바 없이 성실하던 스승 조제프 자코토가 겪었던 어떤 모험을 통해 그동안 보이지 않았던 진실을 찾아 이야기하지.

프랑스에서 태어난 조제프 자코토는 1795년부터 프랑스의 학교에서 학생을 가르치다가 당시 시대적 상황과 얽혀 1815년에 벨기에로 망명을 했어. 그리고 벨기에의 학교에서 불문학을 가르치지. 여기에 아주 중요한 우연이 끼어드는데, 조제프 자코토는 네덜란드어를 조금도 몰랐고, 학생들 대부분은 프랑스어를 몰랐다는 거야. 수업 시간에는 선생님이 설명을 하고 학생들이 들어야 하잖아. 그런데 둘 사이를 잇는 언어가 없으니 아주 난감한 상황이지. 다행히 조제프 자코토는 포기를 하지 않았고 선생님과 학생들 사이에 최소한의 연결 고리를 찾아. 그게 바로 책이었어. 자코토는 『텔레마코스의 모험』이라는 프랑스 책을 학생들에게 건네주면서 네덜란드 번역본을 사용해서 스스로 프랑스어를 익혀 보라는 과제를 줬어. 학생들은 반복해서 책을 읽고, 문장을 외우고, 내용에 대해 이야기했지. 선생님의 체계적인 설명이 없는데 학생 혼자서 프랑스어를 얼마나 익힐 수 있었겠어. 그런데 결과는 놀라웠어. 학생들은 프랑스어를 잘 구사하게 되었거든.

랑시에르는 자코토의 경험을 근거로 들어 '설명'은 일종의 신화라는 결론을 내려. 진실이나 사실이 아니라, 진실이나 사실처럼 만들어졌다는 말이야. 설명은 설명 그 자체의 옳고 그름을 판단하거나 확인할 길 없이 오랫동안 이어져 내려와서 당연하다 여겼지. 이 세계는 설명을 경계로 가르치는 사람과 배우는 사람, 그러니까 유능하고 성숙한 지능과 무능하고 미성숙한 지능으로 나누어졌어. 하지만 사람에게 의지만 있다면 누구든 설명 없이도 혼자 배울 수 있어. 우리의 지능은 평등하기 때문이지.

내가 생각하기에 (이 또한 자크 랑시에르와 나의 지능은 평등하기 때문에 할 수 있는 말이겠지.) 지능의 평등은 자신이 가진 능력을 존중하는 태도와 같아. 할 수 있다고 스스로를 믿고 자신의 지적인 능력을 알아보고 또 이 능력을 쓰겠다고 결정하고 발휘할 수 있는 자유를 찾는 거야.

나처럼 보통의 사람 역시 위대한 철학자와 평등한 지능을 가지고 있어. 한 사람이 해낸 일이라면 나도 해낼 수 있을 거야. 믿음과 의지를 가지고 있다면 말이야. 나와 위대한 철학자를 이어 줄 책 한 권을 읽고 외우고 이야기하고 되풀이한다면 나도 그 철학자의 사유에 대해 '안다'고 말할 수 있어. 하지만 우리의 목적은 이해가 아니라는 걸 잊지 마. 언제나 질문해야 해. '나는 이것에 대해서 어떻게 생각하지?' 우리는 위대한 철학자'처럼' 되려는 게 아니야. 나와 철학자는 평등한 지능으로 연결되어 있고 그렇기 때문에 나란히 앉을 자격이 있다고 말하는 사람이 되는 거지.

바로 이거야. 지능의 평등. 네가 대답을 안 했던 건 내가 대답을 못 하게 막았던 건지도 몰라. 나보다 많이 안다고 여겨지는 사람 앞에서는 나의 생각을 말하기가 어려워. 감추고 숨기지. 이렇게 말해도 괜찮을까, 틀린 답은 아닐까. 사실 나도 알고 있었어. 더 솔직히 말하자면 용기가 없었어. 지능이 평등하다는 건 정답에서 벗어나는 생각이고 벗어나는 일은 항상 두렵잖아.

우리 같이 정답에서 벗어나자고 말하는 그림책이 있어. 선생님은 이 그림책에서 용기를 얻었고 그래서 너에게 읽어 주고 싶은데, 들어 볼래?

작가 야엘 프랑켈이 쓰고 그린 그림책 『엄마가 그랬어』는 캠프를 떠나는 아이의 말로 시작해.

캠프를 가는 건 나지만 뭘 가져갈지 정하는 건 엄마예요.

엄마는 2층에서 배웅을 하고 아이는 엄마를 올려다보고 있네. 준비물의 목록과 그 쓰임새는 엄마에게서 아이에게로 '내려'와. 햇빛을 가릴 모자, 밤하늘에 별이랑 별자리를 그릴 연필, 학예

회 연습을 위한 리코더…… 하지만 아이는 모자로 새 둥지를 만들고, 연필로 자기 몸에 무늬를 그리고, 여우들을 위한 리코더 연주를 하지. 엄마의 가르침과는 전혀 다른 행동을 해.

엄마의 가르침과 아이의 캠프 생활을 번갈아 읽다 보면, 맨 처음에 나왔던 아이의 말이 다르게 들려. 문장의 순서를 바꿀 수 있겠다는 생각을 하지. '뭘 가져갈지 정하는 건 엄마지만 캠프를 가는 건 나예요.' 하긴 문장의 순서가 뭐 중요하겠어? 그 누구도 아닌 바로 내가 캠프를 간다는 사실은 바뀌지 않는데 말이야. 캠프를 가는 건 나이고, 공부를 하는 건 나이고, 삶을 사는 것도 나야. 그치?

우리의 지능은 평등하다는 것. 그래서 미성숙하고 무능하다고, 엄마의 우월한 지능보다 열등한 지능이라고 여겨져도 그 위계와 경계를 부술 능력이 있다는 것을 아이는 보여 주고 있어. 너무 멋지지. 이 책에는 '엄마'가 나오지만, 사실 엄마는 '선생님'이기도 하고 '권위'이기도 하고 '진리'이기도 하고 '신념'이기도 해. 아이는 내가 될 수도 네가 될 수도 있지.

나는 이제야 스스로를 믿고 공부의 위계에서 벗어나려고 시도하고 있지만 너는 이미 그림책 속 아이처럼 공부하고 있다는 걸 알았으면 좋겠다.

○

　　너는 혼자서 시를 낭송했어. 시를 따라 쓰고, 다시 읽고, 그림으로 그렸지. 그리고 그 시가 말하는 시간과 공간을 상상했어. 그리고 이렇게 썼지. "어렸을 때 엄마와 같이 시소를 탄 기억이 흐릿하게 생각났다. 나는 시소에서 내려 엄마 옆에 앉아 미안하다는 말 대신 엄마를 꼭 끌어안았다." 너는 미안하다는 말보다 따뜻한 감각이 더 큰 위로가 된다는 걸 알게 된 거야.

　　너는 혼자서 그림책을 보았어. 그림책을 읽고, 다시 보고, 너의 문장을 덧붙였지. 그림책에서 말해지지 않은 것들을 찾아 네가 대신 말하기로 했어. "이제 소소에게 세상이 어떻게 흘러가는지는 무척이나 중요하다. 멀리 떠나온 이곳의 하늘이 아름다워서, 내일 그 하늘에 어떤 모양의 구름이 뜰지 궁금해 참을 수 없어서. 그리고 무엇보다 소소는 이제 더 이상 혼자가 아니기 때문이었다." 너는 자유가 연결에서 시작한다는 걸 알게 된 거야.

　　너는 혼자서 그림을 보았어. 그림을 보면서 단어를 떠올리고 그 단어와 관련된 경험을 찾았지. 너는 이렇게 썼어. "햇빛이 비추는 시간에 사람을 만나는 대신 가로등 불빛 아래서 작고 검은 개를 만난다. 그게 내 하루 속 작은 빛이고 내가 살아가는 이유이기도 하다." 너는 이 사회 속에서 소진된 삶이 어떤 삶인지, 완전히 소진되어 버리기 전에 무엇이 필요한지를 알아낸 거야.

　　"나는 생각한다, 고로 나는 존재한다."는 철학자 데카르트의 말이지. 하지만 랑시에르는 앞뒤를 바꿔서 이렇게 썼어.

나는 인간이다. 고로 나는 생각한다.

우리는 모두 생각할 수 있는 인간이야. 그래서 평등해.

언제까지 너와 나란히 앉아 글을 쓸 수 있을까. 너는 점점 자랄 것이고 더 이상 나의 수업은 필요하지 않을 때가 오겠지. 그래도 우리의 순간을 기억해 줬으면 좋겠어. 네가 나를 올려다보지 않고 나란히 앉아 있던 시간을, 네 옆에서 부단히 무지한 선생님이 되고자 노력했던 나라는 사람을.

창문 너머 나무들도 아름답지만, 창문에 비친 너의 글 쓰는 얼굴도 아름다워. 그렇게 계속 공부를 했으면 좋겠어. 너에게 가르칠 수 있는 존재가 있다면 저기 저 너머가 아니라 이 안에, 네 안에 있다는 걸 잊지 마.

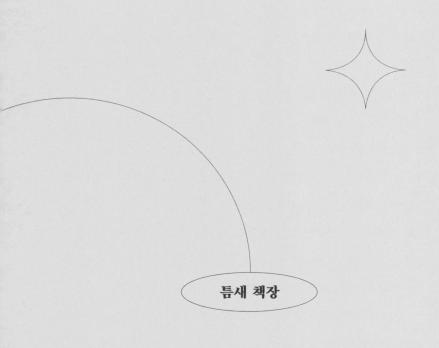

틈새 책장

『불확실한 날들의 철학』, 나탈리 크납 지음, 유영미 옮김, 어크로스, 2016

『노를 든 신부』, 오소리 지음, 이야기꽃, 2019

불확실

판단하지 않고 경험하는 시간

나의 임신 이야기부터 시작할게. 사실 수업 시간에 임신과 출산 그리고 육아의 경험을 이야기해도 될까 고민이 많았어. 나에게는 임신이 아주 중요한 사건이야. 임신을 기점으로 큰 변화를 겪었거든. 나의 삶을 크게 나눈다면 임신 전과 임신 후로 구분할 수 있을 거야. 하지만 너에게는 중요한 일이 아니라고 생각했지. 그저 나만의 사적인 경험담이라고 치부해 버렸던 것 같아. 왜 그랬을까? 누구든 '태어나야' 삶이 시작되고 그 태어남을 위한 일이 임신이라면, 모두에게 중요한 이야기가 될 텐데.

선생님은 스물아홉 살에 임신을 했어. 임신 사실을 알았을 때 가장 먼저 '망했다'고 생각했어. 계획이 어긋났거든. 나는 상당

○

히 계획적인 사람이야. 그리고 그 계획과 가까운 삶을 살아왔지. 아직도 생생하게 기억나는 장면이 하나 있어. 고등학교 3학년이 된 첫날에 평소에는 쓰지도 않았던 일기를 다 썼어. '고3이 되었다.'로 시작하는 글이었는데, 열심히 해서 어떤 대학을 가겠다는 목표는 없었고 대신 현재 나의 상황과 앞으로의 가능성을 세심하게 계산하고 아주 예리한 예언의 느낌으로 몇 대학의 이름을 썼지. '나는 이 학교에 입학하게 될 것이다.' 그리고 정말 일기에 쓴 학교에 입학을 했어. 돌아보면 늘 이런 식이었어. 나와 상황을 살피고, 판단하고, 계획하고, 이루었지.

스물이 되었을 때부터 서른을 기다렸어. 서른이 되면 애송이 티를 완전히 벗고 나만의 확실한 자리를 찾을 수 있을 거라 기대했거든. 자리를 찾기까지 쉽지는 않았지만, 찾아냈다고 생각했지. 대학을 졸업하고 회사를 다니다가 다시 학교로 돌아가서 공부를 했는데, 공부가 너무 재미있어서 앞으로도 계속 공부를 하겠다고 마음먹었어. '스물아홉 살에 논문을 완성하고 학위를 따면 서른 살에 박사 과정을 시작하는 거야!' 방향과 목표와 시기가 남들과는 조금 다른 선택이었지만 솔직히 그 다름이 주는 우쭐함도 있었어. 그렇고 그런 삶이 아닐 것 같다는 확신을 손에 들고 나만의 특별한 삶을 그렸지. 그런데 서른이 되기 직전 임신이라니, 나는 임신도 확실하게 계획해 두었단 말이야. 4년 뒤에 하려고 했는데!

예상을 빗나간 임신과 출산, 육아로 이어지는 긴 시간 동안 많이 힘들었어. 낯설고 어려웠지. 처음 겪어 본 몸의 증상과 통증, 한 생명에 대한 책임감과 부담감, 본능이 아니었던 모성애. 그래도 이런 것들은 한 발씩 적응해 나갈 수 있었어. 끝까지 나를 끈질기게 붙잡았던 건 불안이었어. 모든 것이 불확실했거든.

하나둘 각자의 분야에서 자리를 잡은 친구들의 소식이 들려왔어. 나 혼자 터널 끝에 앉아 있는 기분이 들더라. 몇 발자국만 가면 터널 밖인데, 환하게 빛을 받아 선명한 풍경 속에서 친구들이 웃고 있는데, 나만 혼자 더듬거리며 출구를 찾지 못하고 있는 거지. 나는 실패한 거야. 임신이라는 축복과 엄마라는 신성함을 실패라고 표현하다니, 나쁘고 이상한가. 하지만 내가 직접 겪은 '엄마'라는 자리는 오직 기쁨이 아니었어. 꽤 많은 부분을 불안이 차지했지.

불안한 마음을 고백하면 거의 비슷한 위로와 응원을 받았어. 무의미한 시간과 경험은 없다는 거야. 속으로 코웃음을 쳤지. 그래서 나도 내가 이런 말을 하게 될 줄은 몰랐어. 꽤나 시간이 흘러 이제 나는 터널 바깥에 있어. (물론 또 다른 터널이 나타나겠지만) 터널 밖에서 되돌아보니 무의미한 시간과 경험은 없더라. 아니, 오히려 불확실했던 그 시간을 통과하면서 나라는 사람과 나의 삶이 훨씬 더 좋아졌어. 혹시 지금 네가 불확실한 상황 속에서 힘들어하고 있다면 예전 나처럼 코웃음을 칠 수도 있겠다. 하지만 내 말을 조금 더 들어 봐.

**

숲과 들의 경계에 대해 생각해 본 적 있니? 숲은 무성하고 복잡하게 얽혀 있지. 우리가 모르는 비밀이 많이 있을 거야. 커다란 나무의 짙은 초록이 하늘을 대신하고 울퉁불퉁한 땅은 마를 새 없이 축축해. 들은 어때? 들은 온몸이 공평하게 햇빛을 받고 늘 바람에 흔들려. 낮고 넓어. 숲과 들은 각각의 원칙으로 유지되는 서로 다른 공간이야. 그런데 숲과 들 사이에 '이행대'라고 불리는 공간이 있대. 저 멀리 숲이 있고 여기에 들이 있다면 저기에서부터 내려오는 숲의 원칙과 여기에서부터 올라가는 들의 원칙이 만나는 지점이 있을 거야. 숲의 원칙과 들의 원칙이 어느 순간 뚝 끊기고 그 사이에 높은 담이 쌓여 있는 게 아니야. 각각의 원칙들은 물에 물감이 풀리는 것처럼 점점 옅어지다가 서로에게 녹아들고 새로운 원칙을 만들어 내지.

이행대는 독자적인 공간이야. 이곳에는 무성한 숲에서도 펼쳐진 들판에서도 편안함을 느끼지 못하는 생물들이 살아. 다양한 생물들의 특징이 유입되고 조화를 이루는 곳이기도 해서 생태

계는 이행대를 통해 유연하게 변화하고 또 지속될 수 있어. 이행대가 가지고 있는 영향력을 '가장자리 효과'라고 부른대.

선생님은 철학자 나탈리 크납의 『불확실한 날들의 철학』이라는 책을 통해 이행대를 처음 알게 되었어. 서로 다른 색이 옅어지고 어우러지다 이내 새로운 색을 만들어 내는 곳. 정말 아름답지. 이행대는 숲과 들의 사이에만 있는 게 아니야. 모든 경계에서 찾을 수 있지. 해안선에서 바다에 이르는 경계 지대도 그래. 육지 생물과 바다 생물이 만나는 곳. 햇빛과 바닷물의 리듬이 함께 춤을 추는 곳. 이곳 또한 생명력이 넘치지. 바닷가나 강가나 산기슭에 도시가 생겨난 것은 경계가 지닌 생명력 때문일 거야. 나탈리 크납은 인간의 삶에도 이런 이행대가 있다고 말했어. 그리고 '과도기'라고 불렀지. 지금까지 살아온 삶의 원칙이 끝나 가고 앞으로 펼쳐질 삶의 원칙이 다가오는 곳. 그래서 낯설고 두렵고 모든 것이 불확실한 시간.

사람들은 확실하고 분명한 방법과 방식으로 살기를 원하지만 사실 우리 앞에는 무수한 과도기들이 있어. 삶은 시간의 흐름을 딛고 있고 시간의 흐름은 곧 변화이고 변화는 불확실을 동반하니까. 지금 너는 어린이도 아니고 어른도 아니지. 사춘기라 불리는 모호한 시기도 인생의 과도기일 거야. 오롯이 나 혼자만을 책

○

임지던 내가 임신과 출산을 거쳐서 아이를 책임지는 엄마가 되어 가던 시기도 과도기였던 셈이야.

이사나 전학을 가게 되어 외로운 시기, 진로나 직업을 정해야 하는 시기, 가까운 누군가의 죽음을 경험하는 시기. 우리는 과도기를 거치지 않으면 앞으로 나아갈 수 없어. 이 시기를 잘 보내야 한다는 말이기도 하지. 그런데 사람들은 종종 과도기를 오해하는 것 같아. 이미 그 상태 그대로 충만한 시간이 아니라 결핍된 상태라고 생각해. 얼른 이 시기에서 벗어나 확실한 미래를 얻으려면 무엇을 어떻게 얼마나 해야 하는지 따지고 계산하느라 바쁘지. 나 역시 과도기를 건널 때마다 그랬던 것 같아.

그런데 생각해 봐. 과도기는 이행대잖아. 이쪽과 저쪽의 경계가 허물어지면서 뒤섞이고 새로운 생명력이 탄생하는 지점. 우리는 이 불확실한 시기에 오히려 창조성을 발견할 수 있다는 거야. 나탈리 크납은 과도기가 단순히 어둡고 두려운 터널이 아니라 이행대처럼 독자적인 공간이 되길 바란다면 '나'라는 사람에 대한 고정관념에서 벗어나야 한다고 말했어. 그동안 알고 있던 나에게 의지하지 않고, 한 걸음 한 걸음 나에 대해 다시 알아 가려는 태도가 필요하다고 해. 그리고 과도기에 들어서서 불안한 사람이 의지해야 하는 힘을 찾았는데, 이를 '생의 안전벨트'라고 불렀어.

그 힘이 뭔지 그림책을 보면서 더 얘기해 보자. 작가 오소리가 쓰고 그린 『노를 든 신부』야. 이 그림책은 선생님이 인생 책이라고 부를 만큼 좋아하는데, 그 이유를 '지지 않는 에너지'라고 말해 왔거든. 사실은 뭐라고 딱 집어 표현하기 어려워서 모호하게 표현해 봤어. 이제는 지지 않는 에너지에 구체적인 설명을 붙일 수 있을 것 같아.

외딴 섬에 사는 심심한 소녀는 신부가 되기로 결심해. 그래서 모험을 떠나지. 처음에 읽었을 때는 소녀가 신부가 된다는데 모험이 무슨 상관이지? 의문을 가졌는데, 모험은 위험을 무릅쓰고 하는 일이잖아. 변화에는 두려움이 따른다는 생각을 하면 모험이 맞아.

소녀는 어머니와 아버지에게 드레스와 노 하나를 받아. 그리고 바로 바닷가로 가지. 그곳에는 신부를 찾는 배들이 있고 그 배를 타면 섬 밖으로 나갈 수 있어. 소녀는 섬 밖으로 나가고 싶었나 봐. 하지만 모두에게 거절을 당해. 노 하나는 부족하다는 거야. 소녀는 바닷가에서는 자신을 태워 줄 배를 찾지 못하고 산으로 가지. 노가 하나여도 탈 수 있는 배를 만나지만 이번에는 소녀가 거절을 해. 배를 타면 뭐해, 섬 밖으로 나갈 수가 없는데.

소녀는 다시 걷고 또 걸어. 확실한 목적지도 없이. 나라면 절망이나 원망을 했을 텐데 소녀는 그저 걸을 뿐이야. 자, 드디어 내가 가장 좋아하는 장면들이 나와! 우연히 늪에 빠진 사냥꾼을 만나고 밧줄 대신 노를 이용해서 그를 구해 주거든. 보통의 그림책이라면 소녀와 사냥꾼이 사랑에 빠지고 결혼을 할 텐데, 소녀는 이 경험에서 힌트를 얻어. 노를 이용해서 다양한 일을 하기 시작해. 노를 장대처럼 들어서 높은 나무에 과일을 따고, 노를 무기 삼아 곰과 격투를 하지. 앞으로 뭐가 될지는 모르겠지만 판단하지 않고 주어진 일들을 경험해 나가.

그리고, 홈런을 치지. 타악! 이번에는 노가 야구 배트가 된 거야. 앞서 배를 탔다면 소녀가 야구에 재능이 있다는 걸 몰랐겠지. 목적지 없던 불확실한 시간이 소녀를 구했어. 소녀는 다른 나라에서 온 야구팀과 계약을 하고 비행기를 타고 바다를 건너게 된단다. 배가 아니라 비행기!

소녀에서 신부로, 우리의 주인공은 과도기에 있었어. 그리고 모든 것이 불확실했지. 하나뿐인 노 때문에 배도 탈 수 없었잖아. 막막하고 불안하지 않았을까? 하지만 노를 든 신부는 집으로 돌아가거나 화를 내지 않았어. 벌어진 일들을 그대로 받아들였지. 아직 일어나지 않은 일을 계산하고 대비하기보다 지금 자신에게 일어난 일을 똑바로 마주하고 받아들이는 태도. 노를 든 신부의 힘이야. 노를 든 신부는 나탈리 크납이 말한 생의 안전벨트를 가

○

지고 있었어. 삶을 판단하지 않고 경험하는 것. 내 앞에 일어난 일이 좋은 일인지 나쁜 일인지 염려하고 두려워하는 것이 아니라 내가 무엇을 할 수 있을지 생각하는 것. 삶은 과정 중에 있으므로 먼저 결정하는 것이 아니라 지금을 딛고 한번 살아 보는 것. 잘될 것이라 믿지만 잘된다는 게 무엇인지 생각하지 않는 것.

　　그러고 보면 내가 지난 과도기를 보내면서 잘한 게 딱 하나 있어. 대부분의 시간을 계산하고 비교하고 불안해하며 보냈지만, 판단하지 않고 온몸으로 경험한 일이 하나 있어. 책을 읽었지. 아주 많이. 집에서 아기를 돌보며 나를 위해 할 수 있는 게 책 읽는 것밖에 없었거든. 이 책이 도움이 될까 저 책이 도움이 될까 고민 없이 좋아하는 책을 실컷 읽었어. 가뭄 끝에 비를 만난 나무처럼 책에 뿌리를 내린 것 같은 기분이 들 때도 있었지. 그때는 몰랐는데, 그 시간을 딛고 지금 이렇게 글을 쓰고 있네.

　　불확실하다는 건 가능성이야. 모든 게 확실하다면 남은 생에 희망을 가질 수 있겠어? 이미 결정되어 있는데. 선생님이 임신 사실을 알았을 때, 소녀처럼 생각했다면 더 좋았을걸. '모험을 떠나기로 마음먹었습니다.' 하지만 이미 지난 일이니 어쩌겠어. 다행히 불확실한 과도기는 또 올 거야. 갱년기도 올 테고 은퇴도 할 테고, 그치? 그럼 그때는 모험을 떠나겠다고 꼭 외쳐 볼래.

참, 선생님이 『노를 든 신부』 이야기를 할 때 일부러 틀리게 쓴 부분이 있는데, 그림책을 직접 읽어 봐. 그리고 소녀가 언제 신부가 되었는지 찾아볼래? 중요한 건 결과가 아니라 결심이야. 우리 지금을 판단하지 말고 기꺼이 살아 보겠다 마음먹자. 그 순간부터 우리는 이미 되고 싶은 사람이 된 거야.

3장

바깥을 상상하기

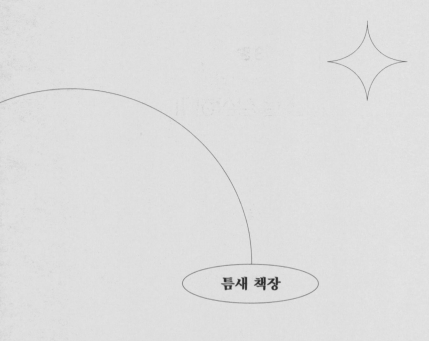

틈새 책장

『빈 옷장』, 아니 에르노 지음, 신유진 옮김, 1984Books, 2022

『울타리 너머』, 마리아 굴레메토바 지음, 이순영 옮김, 북극곰, 2019

소녀

원래 그런 건 없어

나는 소녀였어.

언젠가 한번은 '소녀'라는 단어를 두고 너와 이야기 나누고 싶었어. 그 시작은 꼭 이 문장으로 하겠다고 마음먹었고. 첫 문장을 읽고 너는 어떤 이미지를 떠올렸을까 궁금해. 선생님은 소녀를 생각하면 해사하게 웃는 얼굴이 떠올라. 가녀린 팔과 다리가 드러나는 원피스를 입고 그네를 타고 있을 것 같아. 아마 너의 '소녀'도 긴 머리와 하얀 피부를 가지고 있지 않을까. 착하고 얌전하거나 순수하고 명랑하겠지.

소녀는 아주 오래전부터 내려온 유물 같은 단어라서, 그 어디에 둔다고 해도 존재감을 뽐낼 거야. 참 맑고 깨끗한 단어지. 하지만 오늘 우리가 나눌 이야기에는 그 소녀가 등장하지 않아. 진짜 소녀, 내가 온몸으로 통과한 소녀 이야기를 할 거야. 꽁꽁 숨겨두었던 못난 얼굴을 드러내야 해서 쉬운 일이 아니지만 그래도 꼭하고 싶어. 지금 내 옆에 있는 아니 에르노의 책 여섯 권 때문이야. 겨울과 봄 사이 선생님은 아니 에르노의 문장들을 꿰어서 외투처럼 입고 살았어.

아니 에르노는 자기 이야기를 쓰는 작가야. 하지만 자전적이라는 말로는 설명이 충분하지 않아. 단순한 개인의 경험이 아니거든.

아니 에르노의 첫 소설 『빈 옷장』은 '드니즈 르쉬르'라는 여자아이의 불법 낙태 시술 장면으로 시작해. 드니즈 르쉬르는 가상 인물이지만 불법 낙태 시술은 아니 에르노의 실제 경험이야. 사실 선생님은 아니 에르노의 글을 처음 읽으면서 이렇게까지 모든 걸 다 써도 괜찮을까, 염려하는 마음까지 들었어. 자신이 경험한 상처와 고통, 수치와 괴로움, 커다란 사건과 사소한 순간을 모두 집요하게 기억해 내고 기록하지. 도대체 왜?

드니즈 르쉬르의 이야기를 더 해 보자. 이제 막 스물이 된 여자아이는 혼자서 낙태 시술을 받고 통증이 쏟아지는 배를 움켜 쥐고서 기숙사 침대에 누워 있어. 문학에서 위안을 찾아볼까 하다가, 그 속에는 "이 끔찍한 순간이 지나가게끔 도와주는" 한 구절도 없음을 떠올려. 교과서에 실린 위대한 작가들은 모두 남성이고, 그들은 삶의 모든 상황에 대해 이야기하지만 이 순간에 대해서는 침묵하지. 그럴 수밖에. 낙태는 남성의 몸에서 일어나는 일이 아니잖아. 드니즈 르쉬르는 "스무 살의 여자아이를 위한" 구절이 있다면 "읽고 또 읽을 것"이라고 말해. 맞아, 우리에게는 우리를 위한 이야기가 필요해. 여성이 온몸으로 살아 낸 기억이 필요해. 혼자가 아니라는 증거가 필요해. 더 나은 길을 찾을 수 있는 지도가 필요해. 이 필요는 아니 에르노가 지극히 개인적인 모든 것을 쓰는 이유야.

아니 에르노는 자신의 글쓰기를 "기억하려는 시도"라고 말했어. 이렇게만 보면 별로 특별하지 않은 말이지. 일기부터 소설, 시, 신문 기사까지 모든 글이 '기억'이라는 형식을 가지고 있잖아. 생각을 글로 옮기는 것이 글쓰기니까. 하지만 선생님은 이 말을 특별하게 여겨. '시도'라는 행위가 들어 있기 때문이야.

기억은 떠오르는 일이고 기억하려는 시도는 가라앉는 일이 아닐까. 떠오르는 기억을 쓰는 것과 떠오르지 않는 기억을 찾아 가라앉는 일은 다르지. 시도는 거스르는 일이야. 결심을 하고 힘을 써야 해. 그래서 결과와 상관없이 그 자체로 이미 변화하는 일

○

이야. 아니 에르노는 기억하려는 시도를 할 때, 그러니까 글쓰기를 할 때면 침수하는 장면이 생각난다고 했어. 침수라니, 이보다 더 적절한 단어가 있을까. 깊은 물속으로, 저 아래에 점점 가닿을수록 소리는 작아지고 빛은 줄어들 거야. 고요와 어둠 속에서 가장 밑바닥에 귀를 대고 있었을 돌멩이 하나가 내가 미처 듣고 보지 못했던 비밀을 알고 있겠지.

그 돌멩이가 물 밖으로 나올 때, 비로소 나는 나에 대해 알게 될지도 몰라. 돌멩이를 꺼내서 보여 줄게. 초라하고 사소한 시절이지만 나의 이야기를 진짜 소녀들의 이야기에 보태고 싶어. 누군가는 나의 작은 돌멩이를 손에 쥐고서 길을 잃을 때마다 펼쳐 볼 수도 있지 않을까.

*
*

아니 에르노처럼 사진 한 장을 찾았어. 중학교 입학식 날 찍은 사진. 여기서부터 시작할 거야. 비쩍 마르고 못생긴 여자아이. 커다란 코는 웃으면 더 커지니까 아무런 표정도 짓지 않았지. 처진 입꼬리 탓에 무표정인데도 표정이 있어. 사납고 우울한. 차렷 자세로 똑바로 서서 노려보는 얼굴을 하고 있는데도 어딘가 어색하고 우스꽝스러워 보여. 커다란 교복 때문이야. 얼마나 큰지 치마는 종아리를 지나 발목까지 길게 내려오고 두꺼운 모직 재킷인데 깃발처럼 펄럭거리는 느낌이 들어.

　나는 첫째 딸이야. 교복 이야기를 하다가 조금 뜬금없지. 그런데 이 커다란 교복을 입게 된 이유와 내가 첫째 딸이라는 사실은 아주 긴밀한 관계를 맺고 있어. 엄마와 함께 교복을 맞추러 가던 날이 꽤 선명하게 떠오르네. 우리는 근처 시장으로 갔어. 교복을 맞춘다기에 손목에 바늘꽂이를 시계처럼 차고 있는 디자이너가 커다란 거울 앞에서 나의 팔 길이와 허리 둘레를 줄자로 재고 기록하는 장면을 떠올리며 설렜던 것 같아. 하지만 정작 도착한 곳은 어둑한 형광등 밑에 근처 모든 학교 교복을 꽉꽉 채워 놓은 모양이 꼭 창고 같아 실망스러웠지. 내 몸에 딱 맞는 것과 조금 큰 것과 아주 큰 것을 입어 봤고, 엄마는 선뜻 결정을 내리지 못했어. 엄마의 그런 표정 앞에서는 아무런 말도 하면 안 돼. 어른들은 나를 볼 때마다 '큰딸은 살림 밑천'이라고 했어. 나는 엄마를 지키는 첫째 딸이고 엄마를 속상하게 할 수는 없었어.

　엄마는 오래 고민을 하고 한참을 주인아주머니와 이야기하더니 아주 큰 것을 고르더라고. 앞으로 3년은 입을 옷이니 넉넉해야 한다는 거야. 조금 큰 것을 입었을 때까지만 해도 제법 중학생 같았는데, 아주 큰 것을 입고 나니 허수아비처럼 보였어. 엄마는 정말 내 키가 이렇게 훌쩍 자랄 거라고 기대했던 걸까. 사실은 계산을 했을 거야. 우리 형편에 교복은 너무 비싸고 알 수 없는 미래

○

의 몸을 위해 두 번의 대가를 치룰 수 없었을 테지. 첫째 딸은 눈치가 빨라야 해. 이 정도는 알고 있었지. 아무 말 없이 고개를 끄덕거렸던 것 같아. 조금 불평을 했었나.

너도 알고 있겠지만 교복에도 유행이라는 게 있어. 입학을 하고 보니 소위 잘나간다는 언니들 치마가 땅에 닿을 것처럼 긴 거야. 나는 의도하지 않게 유행하는 교복을 입고 입학한 거지. 안심이 되었고 나중에는 좀 우쭐한 기분도 들었어. 선생님들이 긴 치마를 단속했고 나는 종종 지적을 당하기도 했는데 오히려 기분이 좋았어. 지질하지 않은 친구들 그룹에 무난히 진입했다는 게 더 중요했거든. 그런데 문제는 유행이 변한다는 거야. 길고 풍성하던 치마는 잘려 나갔고 쪼그라들었어. 숨겨져 있던 발목과 무릎이 드러나고 보폭이 좁아졌지. 하나둘씩 종종거리며 걷기 시작했어. 짧고 딱 붙는 치마가 아니었더라도, 어쩌면 우리는 늘 종종 걸어야 했던 건지도 몰라. 울타리를 벗어나지 않기 위해. 그 울타리가 엄마의 믿음이든 학교의 규칙이든 친구의 시선이든, 눈에 거슬리지 않게 발자국마다 의식하면서 종종.

나도 친구들을 따라 치마를 자르고 줄이고 싶었어. 허수아비 같은 재킷은 어쩔 수 없더라도 치마만큼은 꼭 바꾸고 싶었어.

치마를 줄이려면 수선을 해야 하고 돈을 내야겠지. 그런데 엄마가 안 된다는 거야. 학생은 학생다워야 한다는 게 그 이유였지. 끈질기게 조르지는 않았어. 알고 있었거든, 진짜 이유를.

나는 착한 딸이야. 하지만 지질한 애가 되기는 싫은데. 친구들 가운데서 반짝반짝 빛나는 그 애처럼 될 수는 없어도, 근처에 있는 괜찮은 여자애처럼 보이고 싶었지. 아침마다 거울을 이리저리 돌려 보며 한숨만 쉬다가 방법을 찾았어. 방법은 단 하나, 교복을 바꿀 수 없다면 나를 바꾸면 되는 거야! 없던 콤플렉스를 만들어 냈지. '나는 다리가 너무 얇고 가늘어서 싫어.' 콤플렉스는 긴 치마를 유지할 수 있는 아주 좋은 구실이었어. 소녀들은 스스로 알고 있는 장점보다 남들에게 지적받았던 단점을 공유하면서 친해졌거든. 우리는 장점보다 단점을 쌓아 자아와 우정을 만들었어. '응, 그래 너는 정말 다리가 가늘어. 징그러운 것 같기도 해. 치마를 자르면 안 되겠다.'

중학교를 졸업하고 드디어 커다란 교복을 벗게 되었지만 한동안 벗어나지 못했지. 커다란 교복에 나를 맞추던 소녀는 상황과 분위기에 나를 맞추는 여자로 자랐어. 누가 시키지 않아도 상대방의 숟가락과 젓가락을 냅킨 위에 단정하게 올려 두고, 무례한 농담에도 정색하지 않고 웃어넘기고, 과한 부탁도 거절하지 못하고 들어주고, 누군가 칭찬을 하면 고맙다는 말 대신 나의 단점을 늘어놓았지. 심지어 욕망조차도 타인의 평가에 나를 맞췄던 것 같은데, 대학에 들어갔을 때 나는 시나 소설이 쓰고 싶었거든. 그런데 다들 너는 마케팅이나 광고가 어울릴 것 같다고 그러더라. 그래서 대학 내내 광고 공부도 열심히 했지. 시나 소설은 나 같은 사람과는 안 어울린다고 생각해서 말도 못 꺼냈어.

**

　여기까지가 오늘 너에게 보여 줄 수 있는 나의 작은 돌멩이 야. 너는 이 돌멩이를 손에 쥐고서 그 무엇에도 너를 맞추지 않겠 다는 다짐을 했으면 좋겠어. 선생님이 부러워하는 돼지 한 마리가 있는데 같이 볼래? 작가 마리아 굴레메토바의 그림책 『울타리 너 머』를 소개할게.

　단정하게 옷을 입고 있는 돼지의 뒷모습이 보이지. 이름은 소소. 소소의 앞에는 들판 너머 넓고 깊은 숲이 있고 뒤에는 튼튼 하게 지어진 저택이 있어. 소소는 이 저택에서 안다와 함께 살아. 안다는 누구보다 소소에 대해 잘 알고 있다는 듯 행동해. 소소가 입을 옷과 그 옷을 입고 해야 하는 일까지 정해 주거든. 가장 마음 아팠던 장면은 소소가 나무 조각으로 숲을 만들고 있을 때 안다 가 그 숲을 부숴 버리는 장면이야. 그다음 장에서 소소는 관객석 에 앉아 있고 안다는 인형극을 공연하는데 소소의 무기력한 어깨가 꼭 나의 소녀 시절을 보는 것 같지 뭐야.

　어느 날 소소는 울타리 너머 숲에 사는 산들이를 만나고 산들이는 나가서 같이 달리기를 하자고 제안해. 그런데 소소의 대답이 뭔지 알아? "나는 울타리 밖을 나갈 수가 없어." 이때 선생님은 소소와 안다가 한 사람 속에 있는 두 마음이 아닐까 생각했어. 마치 양심처럼 굳어져서 내가 무엇을 선택하고 어떻게 행동해야 하는지를 먼저 정해 버리는 마음이 있지. 안다처럼 말이야. 또 소소처럼 원래의 나와 다른 선택과 행동을 하고 싶다고 말하다가도 이내 울타리를 벗어날 수 없다며 금세 입을 다물어 버리는 마음도 있어. 안다와 소소를 살피다 보면 '원래'라는 말이 얼마나 폭력적인지 생각하게 돼. '나는 원래 이런 사람이야.' 스스로 생각하는 것도, '너는 원래 안 그랬잖아, 왜 그래.' 남에게 말하는 것도.

　다행이지, 소소는 울타리 너머 숲으로 나아가. 안다가 골라준 옷은 벗어 던지고 자기 몸으로. 나는 소소의 발가벗은 몸이 참 좋아. 단 하나의 '원래'는 사라지고 무수한 '시도'가 남은 느낌이야. 숲으로 간 소소가 행복하지만은 않을 거야. 확실한 집을 두고 불확실한 숲으로 갔는데, 그 삶이 쉽기만 하겠어? 하지만 소소 앞에는 자신에게 어울리는 옷이 무엇인지 직접 입고 벗을 수 있는 가능성이 펼쳐져 있지.

○

　　선생님의 커다란 교복처럼 너도 네 몸에 안 맞는 옷을 입은 느낌이 들 때가 있을 거야. 친구가 그럴 수도 있고 사랑이 그럴 수도 있지. 사람들 앞에서 짓는 표정이, 지금 하고 있는 공부가 그럴 수도 있어.

　　주어진 역할이 안 맞는다면 네 몸을 맞추지 말고 벗어 버리자. 물론 벗는 일이 쉽지는 않아. 그래도 시도는 해 볼 수 있잖아. '원래'를 벗는 일이 어렵다면 원래 위에 '시도'를 슬며시 걸쳐 봐도 괜찮아. 그것만으로도 충분해. 그렇게 시도들을 입고 벗다 보면 네가 어떤 몸인지 잘 알 수 있겠지? 마음껏 시도해 봐, 그리고 어른이 되면 네 몸에 맞춰 직접 옷을 지었으면 좋겠어. 네가 지은 옷은 너에게 아주 잘 어울릴 거야.

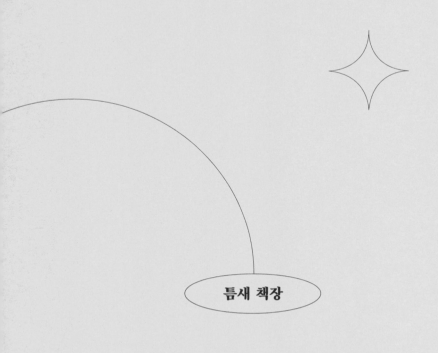

틈새 책장

『이상한 나라의 그림 사전』, 권정민 지음, 문학과지성사, 2020

『사람놀이』, 키무라 유이치 글, 초 신타 그림, 한수연 옮김, 시공주니어, 2006

『트러블과 함께하기』, 도나 해러웨이 지음, 최유미 옮김, 마농지, 2021

동물

생명이라는 책을 함께 쓰는 공동 저자

우리는 집에서 다섯이 같이 살아. 나와 남편과 딸과 개와 고양이. 사실 얼마 전까지만 해도 넷이었는데, 고양이가 들어와서 다섯이 되었어. 비밀이 없는 사람은 가난하다던데 고양이에게도 통하는 말인가. 우리는 이 고양이에 대해 아는 게 없어. 고양이는 과거와 마음을 꽁꽁 싸맨 보따리를 등에 업고 문을 두드렸지. 요즘 나와 남편과 딸은 집에 있는 시간 대부분을 고양이를 관찰하는 데 쓰고 있어. 우리는 아직 말이 통하지 않아서 신중하게 소통의 방식을 찾아야 하니까.

시간이 지나고 마음이 쌓이면 고양이는 거실 한가운데 자기가 가져온 보따리를 풀어놓을 거야. 보따리 안에 있던 과거는 우

○

리가 같이 채울 미래가 되어 있을 테고. 분명해. 나와 남편, 나와 남편과 딸, 나와 남편과 딸과 개도 그렇게 서로의 가족이 되었거든. 아, 가족이라는 단어는 우리를 표현하기에 충분하지 않아. 나와 남편과 딸은 사람이고 개와 고양이는 동물이지만 나란히 앉아 있는 우리 사이는 투명해. 아무것도 없이 오직 서로를 향한 친밀함만 두고 있지. 그렇게 믿고 있었어. 어쩌면 보고 싶지 않아서 보이지 않는 척했는지도 몰라.

*
*

　작가 권정민이 쓰고 그린 『이상한 나라의 그림 사전』은 단어를 그림과 문장으로 설명하는 그림책이야. 첫 단어는 '산책'. 산책은 이 그림 사전의 설명대로 "여유를 즐기며 천천히 걷는 일"이지. 나와 개가 좋아하는 일. 조금 더 읽어 볼게. "일행이 앞서 나갈 경우 줄을 잡아당겨 거리를 조절한다."

　잠깐, 이 문장은 어딘가 좀 이상하지? 옆에 그림은 더 이상해. 사람이 목줄에 묶여서 네발로 기어가고 있어. 쭉 내민 혓바닥이 보기 싫어. 목줄의 손잡이를 누가 잡고 있는지 볼래? 산책을 할 때 내 모습처럼 모자를 눌러 쓰고 편안한 옷을 입고 두 발로 걷고 있는 개가 잡고 있어. 뜻밖의 시선, 불편하지? 나는 목줄에 묶여 네발로 기어가고 있는 사람이 아니지만 수치스러워. 그리고 나와 개 사이를 연결하던 목줄을 생각해. 우리 사이는 투명하지 않았어.

'산책' 뒤에 이어지는 단어의 뜻과 그림은 우리를 계속 불편하게 만들어. 돌고래에게 훈련을 받는 인간의 표정, 펫 쇼에서 시상을 하는 개와 기준을 통과한 인간의 포즈, 카페에서 인간을 체험하고 교감을 나누려는 올빼미의 손, 진료 대기실 의자에 앉아 있는 동물들과 이동장 속 인간들의 자세. 인간과 동물, 동물과 인간. 도대체 인간은 동물에게 무슨 짓을 저질렀던 거지?

상대의 공감이나 도움을 요청할 때 우리는 입장을 바꿔 생각하라는 말을 많이 하잖아. 작가는 인간과 인간 사이에나 가능한 줄 알았던 이 말을 인간과 동물 사이에 가져다 놓았어. 인간과 동물의 입장을 바꾸기만 했는데 이 뜻밖의 시선으로 우리는 불편해지고, 그 불편함 때문에 지금까지 익숙하고 당연했던 자리에서 벗어나고 싶어져. 인간과 동물은 모두 소중한 생명인데, 인간이 동물을 도구나 수단으로 이용해 왔다는 반성을 하게 되지.

하지만 여기에서 끝나면 안 돼. 우리는 '반성'이 아니라 '다시 생각'을 해야 해. 반성으로 나는 변할지 모르겠지만 세계는 변하지 않아. '인간'과 '동물'이라는 이름표와 자리가 그대로 있다면 오랜 습관처럼 다시 돌아가 '인간'으로 살기 쉽지. 우리에게 필요한

○

일은 이름표와 자리 그 자체를 다시 생각하는 거야. 너무나 익숙해서 당연하다고 생각했던 것을 바꾸거나 없애는 일. 자, 다시 생각하자.

선생님이 생각했을 때 이 그림 사전에서 봐야 하는 진짜 중요한 문제는 인간이 동물에게 얼마나 잔인한 행동을 했느냐가 아니라, '인간 대 동물'이라는 구조와 경계야. 복잡하고 다채로운 세계를 단순히 잡거나 아니면 잡히거나, 먹거나 아니면 먹히거나, 길들이거나 아니면 길들여지거나, 보호하거나 아니면 보호받는 입장으로 구분한 구조. 이 구조에는 '아래'에 있는 존재와 아래를 딛고 '위'에 서 있는 존재가 있어. 이분법적이고 위계적이지. 우리 이 구조와 경계에 대해 조금 더 생각해 보자. 그림책 한 권을 더 볼까. 작가 키무라 유이치가 쓰고, 초 신타가 그린 『사람놀이』를 소개할게.

인간과 인간의 마을에 대해 알고 싶어 하는 동물들이 모여 있고, 고양이 노라는 인간에 대해 알려 준다며 '사람놀이'를 제안해. 노라는 인간을 흉내 내고 동물들은 인간의 도구를 흉내 내는 거야. 노라는 횡단보도가 된 얼룩말을 밟고, 칼이 된 새를 휘두르고, 청소기가 된 개미핥기에게 쓰레기를 먹이지. 동물들에게 사람놀이는 너무 괴롭기만 해. 버티다 못해 사람들이 사는 곳은 끔

찍하다고 외치면서 달아나 버리거든.

사람놀이는 놀이가 아니라 현실이야, 그치? 도로나 철도를 만들려고 밀어 버린 동물들의 서식지나 오로지 인간의 시선으로 땅을 구분하고 나누어 그린 지도, 폐기물로 오염된 물과 땅. 인간의 편리를 위한 문명의 도구들이 무엇을 딛고 있는지 생각해 봐.

이 그림책 역시 인간(문명) 대 동물(야생)이라는 구조로 세계를 나누고 있지만 그동안 보이지 않았던 존재가 보인다는 점이 달라. 혹시 눈치챘을까? 이 그림책 속 동물들은 동물의 방식대로 걷거나 날거나 기어다니는데 오직 고양이 노라만이 인간처럼 두 발로 걷고 두 손을 쓰고 있어. '노라'라는 자기만의 이름도 가지고 있지. 이 이름은 누구에게서 받은 것일까? 인간이겠지. 고양이 노라는 명령이라는 방식으로 다른 동물들과 소통을 하고, 동물들이 다시 야생으로 도망가는 모습을 지켜보고 있어. 고양이 노라는 인간보다 아래에 있지만 동물보다 위에 있어.

＊
＊

얼마 전에 아주 어려운 질문 하나를 받았어.

"선생님! 저는 소고기나 돼지고기를 먹을 때는 미안하다는 마음이 드는데 생선을 먹을 때는 미안하다는 마음이 그렇게 크지 않아요. 다 똑같은 생명인데, 왜 그런 걸까요?"

○

내 생각에, 인간은 인간을 중심으로 가치 판단을 하는데 너무 익숙해져서 그런 것 같아. 인간의 특징과 생활을 공유하는 동물은 더 귀하고 인간과 공통점이 적을수록 덜 귀한 동물이 되는 거야. 인간은 인간이 아닌 나머지 생명에 가치를 매기고 줄을 세우지. 스스로 그럴 권리가 있다고 믿고 있어.

그런데 말이야, '인간'이라는 묶음 안에는 어떤 인간들이 있을까? 모든 인간은 평등하다고 하면서 인종, 국적, 성별, 나이, 장애에 따라 자리가 나뉘고 가치와 권리를 다르게 가지고 있잖아. 그렇다면 기준이 되는 인간의 인간, 가장 '인간다운' 인간은 과연 누굴까?

인간 대 동물 사이에 '노라'가 있어. 그리고 인간과 노라 사이에는 유색 인종이, 여성이, 장애인이, 노인이, 어린이가, 성 소수자가 있지. 노라는 다른 동물들을 도구처럼 쓰는 권리를 누리고 있지만, 노라에게 노라라고 이름 붙여 준 인간 앞에서 어떤 권리를 누릴 수 있을지 생각해 봐. 경계가 분명하고 수직적인 구조는 그 누구에게도 안전하지 않아. 나는 인간이므로 동물보다 더 소중하다는 생각은 나는 유색 인종이므로 백인보다 덜 소중하다는 생각으로, 나는 여성이므로 남성보다 덜 소중하다는 생각으로, 나는 가난하므로 부자보다 덜 소중하다는 생각으로 이어질 거야.

우리는 이 구조에서 어떻게 벗어날 수 있을까? 벗어난다면 어디로 가야 하지?

지금 우리 사회는 인간과 동물의 관계에 대한 대화를 하고 있어. 물론 서로 다른 생각과 의견을 가지고 있지만 그 방향은 더 나은 관계를 향해 있으니 멈추지 않고 계속 말하고 듣는다면 좋은 세상에 가까워질 거라 생각해.

선생님은 페미니스트이자 생물학자 도나 해러웨이의 이야기에서 힌트를 얻었어. 해러웨이는 우리에게 익숙한 이분법적 경계에 물음표를 던진 사람이야. 너무 당연하게 우리는 남성/여성, 정신/육체, 문명/야만, 인간/동물, 이 세계를 이것 아니면 저것으로 나누고 이것보다 저것이 열등하다 위계를 만들지. 심지어 여기서 생기는 문제들을 해결하려는 시도도 이분법과 위계를 벗어나지 못할 때가 있어.

동물도 인간처럼 언어가 있고, 동물도 인간처럼 감정을 느끼고, 동물도 인간처럼 생각을 하고 판단을 한다는 연구 결과가 나오고 있어. 이런 연구 결과를 통해서 인간만큼 동물의 생명도 소중하다는 말을 할 수 있겠지만, 이 말은 구조와 경계를 흔들지 못해. 오히려 견고하게 만든다고 할 수 있지. 여전히 인간이 기준이고 중심이잖아. 우리는 인간과 동물 사이 수많은 차이에 대해, 그 차이가 있어 서로에게 기대어 생명을 이어 가고 있는 연결에 대해

○

생각해야 해.

해러웨이는 이 세계를 다시 생각하기 위해 "심포이에시스
(sympoiesis)"라는 단어를 만들었어. "함께 만들기"라는 뜻이야. 이
단어는 "오토포이에시스(autopoiesis)"라는 단어를 조금 바꾼 거야.
오토포이에시스는 "스스로 만들기"라는 뜻인데, 우리 몸에 상처
가 났을 때 시간이 지나면 새살이 돋고 상처가 사라지잖아. 그런
몸의 작용을 가리키는 거야. 하지만 해러웨이는 이 세계의 어느
존재도 스스로 만들 수 없다고 말해. 상처가 났을 때 그 자리에
새살을 만드는 것은 '오직 나' 혼자서 하는 일이 아니라, 보이지 않
지만 나와 같이 있는 세포와 세포막과 무기물과 미생물이 서로에
게 작용하며 해낸 일이야.

숲을 생각해 볼까. 숲은 나무들이 모여 있는 곳이지만 '오직
나무'만 모여서 생긴 장소가 아니야. 나무의 뿌리는 곰팡이가 제
공하는 무기질이 필요하고 곰팡이는 나무로부터 영양분을 취하
지. 눈에 띄지 않는 곰팡이부터 커다란 동물까지, 숲속의 모든 존
재들은 생명을 잇기 위해서 다른 존재가 필요해. 함께 만들어야
하지. 각각의 종은 자기만의 분명한 경계 안에서 산다고 생각하
지만 우리는 우리도 모르게 금을 넘나들고 영향력을 주고받으며
복잡하고 단단하게 얽혀 있어. 마치 실뜨기처럼 말이야.

○

나는 해러웨이의 책 『트러블과 함께하기』에서 찾은 실뜨기 이미지가 참 좋았어. 실뜨기해 본 적 있지? 실뜨기는 혼자서 할 수 없는 놀이잖아. 내가 패턴을 만들어서 상대에게 넘겨주면 상대는 다시 패턴을 만들어서 나에게 넘겨주지. 실뜨기로 연결된 관계 안에서는 상대가 만든 패턴에서 다시 패턴을 시작하기 때문에 완전히 능동적인 존재가 될 수 없고, 상대에게 주는 패턴은 내가 만든 것이기에 완전히 수동적인 존재가 될 수 없어. 수직으로 내려오는 진행이 아니라 수평에서 주고받는 진행이야.

이제 우리, 인간이 아니라 실뜨기의 참여자가 되자. 고정된 구조에서 벗어나서 나란하고 복잡하고 변화하는 관계를 상상하자. 실뜨기의 관계가 모든 것을 해결할 수는 없겠지만, "실뜨기는 이야기를 닮았"음을 기억하자. 지구 위에 존재가 다 같이 잘 살아갈 수 있는 결말을 상상하며 주고 또 받고, 이야기를 지어 나가는 거야. 작가는 여럿이겠지.

볕 좋은 오후, 개와 산책을 나갈 시간이야. 나는 서 있고 개는 꼬리를 흔들고 고양이는 누워서 창밖을 보고 있어. 나는 고양이를 두고 나가서 미안한데, 고양이는 오히려 편안한 표정이야. 나와 개와 고양이. 삼각형의 꼭짓점 같아. 서로 다른 곳에 있지만 우리는 우리 집에서 같이 살지.

개에게 목줄을 채웠어. 도시에서 같이 산책을 하려면 그럴 수밖에 없어. 대신 나는 산책 참여자로서 동반자와 대화를 하겠어. 나무 냄새를 실컷 맡고 고구마를 나눠 먹을래. 개가 나에게 실뜨기 패턴을 넘겨. 분홍색 혓바닥을 쏙 내밀고 꼬리를 흔들겠지? 기분이 좋다고 나에게 보내는 신호야. 그냥 넘어갈 수 없지, 내가 개에게 실뜨기 패턴을 넘길 차례야. 개의 등을 천천히 쓰다듬고 시선을 맞출래. 나도 기분이 좋다고 말할 거야.

오늘은 유난히 긴 산책이 되겠다. 한 번에 전부를 해결할 수는 없으니 여기까지. 하지만 우리가 함께 쓰는 책은 이제 시작했고 점점 길어지겠지.

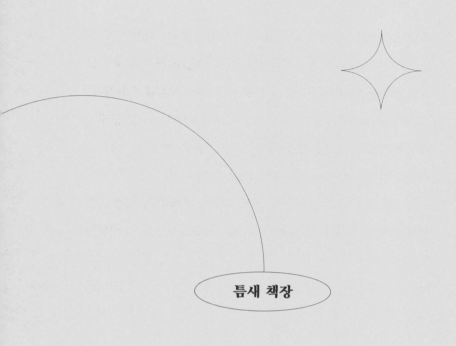

틈새 책장

『장애의 역사』, 킴 닐슨 지음, 김승섭 옮김, 동아시아, 2020

『주머니 없는 캥거루 케이티』, 에이미 페인 글, H. A. 레이 그림, 조은수 옮김, 비룡소, 2002

장애

백 명의 사람이 있다면 백 개의 이야기가 있다

아빠가 미워. 아빠가 미운 이유는 불쌍하기 때문이야. 부모님을 존경한다는 사람들이 있지. 나는 그런 사람들이 정말 부러웠어. 솔직히 말해서 나는 부모님을 존경한 적이 없거든. 뭐, 아주 어릴 때는 우리 엄마 아빠는 성실하고 착한 사람들이고 나를 낳아 주고 길러 준 분들이기 때문에 존경한다고 말하기도 했어. 학교에서 배운 대로. 그런데 시간이 지나고 어른이 되면서 존경이라는 단어 뒤에 또 다른 단어가 보이더라. 존경은 성공이라는 그림자를 가지고 있지. 이 성공은 대단한 명예나 권력, 부를 말하는 게 아니야. 그럴듯한 자리라고 해야 하나, 지적이고 우아할 수 있는 상황을 말하는 거야. 잘 봐, 지적이고 우아한 게 아니라 지적이고

○

우아'할 수 있는'이야. 움직임이나 목소리가 크지 않아도 되고, 느긋하고 천천히 행동해도 되는 거야. 여유와 품위가 몸에 익어서 마치 습관처럼 태도가 자연스럽지. 그런데 그런 몸은 어떻게 만들어지는 걸까.

아빠는 청력이 안 좋아. 평생 귀뚜라미 소리를 들어 본 적이 한 번도 없대. 아빠와 대화하려면 커다란 목소리로 같은 말을 몇 번 반복해야 해. 우리 가족은 서로에게 화를 잘 내지. 아빠에게 했던 말을 또 하다 보면 짜증이 벌컥 날 때가 많거든. 아빠가 잘못 알아듣고 오해가 생길 때도 있고.

지금도 그렇게 부르는지 모르겠다. 선생님이 어릴 때 제대로 못 알아듣는 사람을 놀리듯이 '사오정'이라 부르곤 했어. TV 애니메이션 <날아라 슈퍼보드>에 커다란 모자를 쓰고 다니는 사오정이 나왔는데, 제대로 못 알아듣고 이상한 대답을 하는 캐릭터였거든. 내 친구들에게 우리 아빠는 사오정이라고, 아빠가 못 들어서 생긴 에피소드들을 말해 주면서 배꼽을 잡고 웃고는 했지. 어린아이의 천진함이었을까, 아니면 사오정 덕분에(어쩌면 사오정 때문에) 청력이 안 좋아 엉뚱한 대답을 하는 건 유머지 장애가 아니라고 생각했던 걸까. 어느 순간부터는 가까운 친구들에게도 아빠의 청력에 대해서는 말하지 않았어. 사람들에게 아빠를 소개해야 할 때면 아빠가 말귀를 못 알아듣고 어떤 대답을 할지 몰라서 가슴이 쿵쿵 뛰었고, 불안해서 아빠 옆에 꼭 붙어 있었지. '말귀'를 국어사전에서 찾아보면 '남이 하는 말의 뜻을 알아듣는 총기'라고 설명되어 있어. 나는 아버지의 위엄과 지성이란 것이 나의 아빠에게는 없음이 좀 부끄러웠어.

아빠는 평생을 보청기 없이 지냈어. 아빠가 불쌍하고 그래서 미운 것도 바로 이 보청기 때문이야. 그전에는 아빠의 힘이 더 셌지만 지금은 내가 더 세거든. 아마 돈도 아빠보다 많을걸? 그러니 내 바람대로 아빠가 보청기를 끼고 사람들과 매끄러운 대화를 했으면 좋겠는데, 아빠는 두 눈에 흙이 들어가기 전까지 보청기는 절대 끼지 않겠다는 거야. 보청기를 끼지 않겠다는 아빠의 이유는 이쪽 끝에서 저쪽 끝을 몇 번이고 횡단했지만 난 다 보였어. 자존심. 아빠의 자존심이 지겨워. 말귀를 못 알아듣는 게 더 자존심 상하는 일 아닌가, 대체 보청기가 뭐라고 그걸 끼고 사람들 앞에 서기 싫다는 건지 아빠를 도무지 이해할 수가 없어. 나는 정말 아빠가 미워.

아빠와 보청기에 대해 쏟아 내듯 이야기를 하니까 조금 숨이 차네. 사실 아빠의 청력에 대해서는 이야기하고 싶지 않았는데. 하지만 할 수밖에 없어. 장애에 대한 나의 마음은 나와 아빠 사이에서 시작했을 테니까.

○

이 책을 쓰려고 목차를 잡을 때, '장애'라는 단어는 처음부터 제외했어. 장애에 대해 하고 싶은 말이 있지만 자격은 없다고 생각했거든. 나는 장애인이 아니야. 시력이 아주 나빠서 안경이나 렌즈 없이는 일상생활이 아예 불가능하고 오른쪽 가운뎃손가락 신경에 어떤 문제가 있는지 작은 자극에도 통증이 상당히 심해서 가운뎃손가락을 의식하며 살고 있지만 장애인이 아니야. 왜냐하면 장애인이라는 판정을 받지 않았으니까.

그런데 이 판정은 언제 누가 어떻게 내리는 거지? 장애 없이 완벽히 원활한 삶이라는 게 가능하긴 한 건가. 장애인과 비장애인의 경계를 나누는 기준이 의심스러워. 하지만 어쨌든 비장애인으로 살고 있잖아. 공공 시설물을 쓰는 데 어떤 불편함도 느끼지 않고 외출을 할 때 이동 수단이나 도착지의 시설을 걱정할 일도 없어. 비장애인으로 장애인의 삶을 온전히 알지도 못하면서 오직 '착한 마음'으로 장애에 대해 이야기하려는 건 아닐까, 나의 글이 누군가에게 무례한 글이 될까 봐 겁이 났어.

여전히 우리가 살고 있는 이곳에서는 장애인의 목소리를 듣기가 어렵지. 그들이 광장으로 나와서 자신의 이야기를 하고, 나는 그 이야기를 귀 기울여 듣는 게 먼저라고 믿었어. 그런데 있지, 장애인의 이야기에 귀 기울이고 고개를 끄덕이려면 우리가 알고 있는 단어와 의미부터 다시 봐야 한다는 생각이 들더라. 광장에

선 장애인이 자기 서사를 직접 말하기 위해서는 청중이 된 비장애인의 태도 또한 중요하잖아. 그것에 대해서는 내가 쓸 수 있지 않을까. 그래서 용기를 내 보는 거야.

내가 오랫동안 옳다고 믿었던 단어가 틀렸다고 말하는 책을 읽었는데, 그 책 이야기부터 할게. 미국의 장애학자 킴 닐슨이 쓴 『장애의 역사』야. 미국의 역사 속에서 장애의 의미가 어떻게 발생하고 변화하고 또 굳어지는지 설명하면서 '독립'이라는 단어를 다시 생각해 보자고 해.

유럽인이 도착하기 전에 북아메리카 토착민 사회에는 '장애'라는 단어가 없었대. 모든 사람은 저마다 서로 다른 재능을 가지고 태어난다고 믿었고 그래서 나의 재능과 타인의 재능이 조화를 이루는 게 더 중요했기 때문이야.

토착민 마을에 우리가 말하는 장애인이 있다고 해 보자. 그런데 아무도 이 사람의 몸을 두고 장애라고 생각하지 않아. 자기만의 재능으로 다른 사람을 도울 수 있다면 말이야. 다리가 불편한 대신 공예를 잘한다면 공예가 필요한 이를 도울 수 있어. 불편한 다리는 튼튼한 다리를 가진 사람의 도움을 받을 수 있으니 문제 될 게 없는 거지. 사람마다 가지고 있는 재능이 다르고 그 재능에는 위계가 없다는 생각과, 서로의 재능이 조화를 이루어야 완

○

전한 전체가 된다는 생각은 그 어떤 몸도 장애로 남겨 두지 않았어. 오히려 장애는 한 개인이 공동체와 관계를 제대로 맺지 못할 때 생겼대.

이런 세계관은 북아메리카 토착민들만의 것이 아니었나 봐. 국립중앙박물관 이집트 전시실에 가면 고대 이집트인의 사후를 지켜 주었던 위대한 신들을 만날 수 있지. 조각으로 만든 신들은 곧게 뻗은 튼튼한 팔과 다리를 가지고 있어. 그런데 그 사이에서 우람한 상체와 대비되는 짧고 약한 다리를 가진 조각상을 발견했어. 소개하는 글에는 '난쟁이'라는 단어가 있더라. 난쟁이 신 파타이코스 조각상을 죽은 사람 목에 걸어 두면 사후 세계에서 뱀과 악어를 만나게 되더라도 평안과 안전을 지킬 수 있대. 파타이코스의 다리는 연약하지만 죽은 이를 수호할 수 있는 충분한 힘이 있다고 믿었던 거지.

실제로 이 시대에는 직업을 선택하는 데 장애가 문제 되지 않았다고 해. 건강하고 완벽한 몸과는 거리가 먼 고위 관료나 파라오의 그림과 조각상을 찾아볼 수도 있을 거야. 보통 사람에 비해 다리가 짧고 힘이 없다고 하더라도 몸의 조건이 그 사람의 품위에 해를 끼치지 않았어. 대신 팔의 힘이 셀 수도 있고, 다른 사람의 어려움에 공감하고 이해하는 능력이 뛰어날 수도 있으니 그에 맞는 직업을 가질 수 있는 거야. 불완전한 몸도 완전한 몸도 없이 모든 몸의 상태가 '정상'이었던 거지.

잠깐만, 선생님은 과거 공동체가 완벽했다고 말하려는 게 아니야. 과거 공동체에도 다른 방식의 차이와 차별이 존재했을 거야. 또 조건과 상황에 따라 장애에 대한 각각의 입장도 있었을 테고.

지금 우리가 나누는 과거 공동체 이야기에서 눈여겨볼 점은 '의존'과 '독립'이라는 단어와 개념이야. 우리는 도움 없이 혼자서 자기 일을 척척 해내는 사람이 되어야 한다고 배웠지. 독립적인 사람이 되어야 한다고 했어. 물론 주체적인 삶은 아주 중요해. 그런데 이 주체성만 강조하다 보면 '독립'의 함정에 빠지는 게 아닐까, 하는 생각이 들어. 우리가 서로 다르고 그래서 특별하다는 건 누구나 부족하다는 뜻이기도 할 거야. 나라는 사람의 특별함이 계속 유지되려면 서로에게 의존해야 한다는 말이야.

**

장애에 대해 생각하면 떠오르는 그림책이 하나 있어. 선생님이 아주 사랑하는 책이지. 중고 서점에서 노란색 표지가 유난히 환하게 눈에 띄어 읽기 시작했는데 나에게 정말 중요한 책이 되었어. 작가 에이미 페인이 쓰고 H. A. 레이가 그린 『주머니 없는 캥거루 케이티』를 소개할게. 제목 그대로 주머니 없는 캥거루가 주인공이야. 다른 캥거루에게는 다 있는 주머니가 없으니, 케이티는 아기를 제대로 안고 돌볼 수 없어. 하지만 케이티는 아기를 잘 키우고 싶어서 주머니 없이 아기를 돌보는 다른 동물들을 찾아가서 조언을 듣지. 선생님은 이 장면도 참 좋아. 동물이라는 이름 아래 그들이 사는 방식은 어쩌면 이렇게 다 다른지. 비록 케이티에게 맞는 방식은 아니지만 말이야.

케이티는 결국 사람들이 사는 도시까지 가서 도움을 요청하고 지나가던 아저씨에게 커다란 도움을 받아. 아저씨는 연장을 편리하게 보관하려고 주머니가 아주 많은 앞치마를 두르고 있었거든. 아저씨도 주머니 많은 앞치마에 의존하고 있었네. 역시 누구나 부족하고 그래서 특별해. 아저씨는 케이티에게 이 앞치마를 선물하는데 이야기는 여기에서 끝나지 않아. 케이티의 앞치마에는 주머니가 아주 많아서 다른 아기 동물들도 주머니에 넣어 품을 수 있다는 걸 보여 주지.

선생님은 케이티가 주머니 없는 몸에 실망하고 스스로를 미워하지 않아서, 피나는 노력으로 다른 동물의 방식을 익히고 그대로 살지 않아서 이 책이 좋아. 스스럼없이 도움을 요청하는 용기도 좋고 주머니를 대신할 수 있는 도구를 발견한 점도 마음에 들고 그 도구로 누군가를 따뜻하게 안아 줄 수 있는 너그러움도 좋아. 그런데 너에게 이 그림책을 소개하다 보니 문득 다른 생각도 드네. 주머니 없는 캥거루 제시라든가 주머니 없는 캥거루 안나라든가 아무튼 주머니 없는 캥거루 케이티와는 다른 이야기도 얼마든지 생길 수 있다는 생각.

의존이 당연할 때, 주머니 없는 캥거루는 결핍 있는 존재가 아니라 도와줄 수 있는 존재야. 주머니가 없는 대신 한결 가볍고 빠른 몸이 있잖아. 다른 동물이 누구냐에 따라서 이야기는 무한대에 가깝게 늘어나겠다. 둥지를 잘 짓지만 힘이 약한 새를 도와주었을 때 이야기, 아기를 잘 안아 주지만 빨리 달리기 어려운 원숭이를 도와주었을 때 이야기 그리고 도움을 받은 그들이 주머니 없는 캥거루에게 어떤 도움을 줄지. 그때마다 새로운 이야기가 생겨날 거야. 서로에게 의존할 때, 서로 다른 물질의 화학작용으로 새로운 물질이 생겨나는 것처럼 우리의 이야기도 자꾸만 새롭게 생겨나지 않을까?

내일은 아빠한테 문자를 보내야겠어. 아빠한테 화내고 소리를 지른 건 내가 정말 잘못한 것 같아. 왜 나는 지금까지 '보청기를 끼고 원활한 대화를 하는 아빠'라는 단 하나의 이야기를 원

○

했던 걸까. 아빠가 어떤 삶을 살아왔는지 다 알지도 못하면서. 무
엇보다 아빠와 내가, 아빠와 누군가가 서로 어떻게 의존하는지에
따라 무수히 많은 가능성과 이야기가 생겨날 수 있는데 말이야.

　이야기는 많으면 많을수록 즐거워지는 법이지. 아빠는 나에
게 나는 아빠에게, 우리 그렇게 서로에게 기대어 어떤 이야기를
짓게 될지 궁금해.

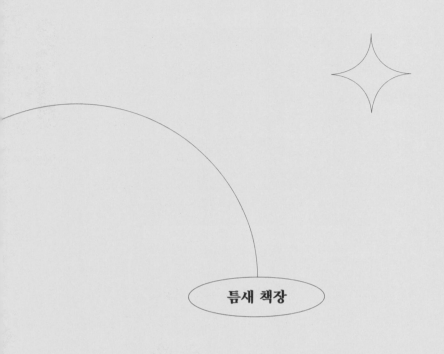

틈새 책장

『나는 잠깐 설웁다』, 허은실 지음, 문학동네, 2017

『곰과 작은 새』, 유모토 가즈미 글, 사카이 고마코 그림, 고향옥 옮김, 웅진주니어, 2021

『멀고도 가까운』, 리베카 솔닛 지음, 김현우 옮김, 반비, 2016

감정이입

연결된 그림자는 크고 넓어서

나는 울보였으며 울보이고, 앞으로도 울보일 것 같아. 왜 이렇게 잘 우는지 모르겠어. 작은 일에도 금세 코끝이 시리고 목 끝이 아파. 다행인 것은, 다행인지 불행인지 확신이 서지는 않지만, 우는 방식이 달라졌다는 거야. 이제는 사람들 눈을 피해 혼자서 울지. 사람들 눈을 피할 수 없다면 손으로 부채질을 하면서 연신, "어머 내가 왜 이러지, 죄송해요." 사과를 하면서 울고.

우는 방식의 변화는 아플 때 확연히 드러나는 것 같아. 길에서 넘어진 어린아이를 봐, 아주 커다랗게 울잖아. 지금 여기에 있는 내가 아프니 어서 도와달라고 온 지구를 향해 외치지. 선생님도 저렇게 울 때가 있었는데, 이제 그럴 수 없는 나이가 되었네. 왜

○

커다랗게 울던 아이는 점점 자라나면서 조그맣게 울기도 어려운 어른이 되었을까.

지독한 독감에 걸렸던 적이 있었어. 나는 어렸을 때부터 자주 앓아서 아픈 느낌에 익숙한 편인데 도저히 견딜 수가 없더라. 열이 많이 났는데, 처음에는 집에서 해열진통제를 먹고 쉬려고 했거든. 그런데 이러다가 큰일이 나겠다 싶은 거야. 겨우 병원에 도착했는데, 내 얼굴을 마주한 의사가 나한테 가장 먼저 건넨 말이 뭔지 알아?

"아이고, 많이 힘드셨을 것 같아요."

그 짧은 말 한마디에 울음이 북받치더니 끅끅 참다가 엉엉 울고야 말았어. 다 큰 어른이 부끄러운 줄도 모르고 말이야.

"아프시죠, 약 드시면 금세 나을 거예요."

의사는 내게 약을 먹으면 나을 거라고 했지만 이상하지, 이미 괜찮아졌다는 느낌이 드는 거 있지. 어쩌면 아픈 나에게는 열을 내리고 통증을 줄이는 약만큼 나의 마음을 짐작해 주는 사람과 말도 필요했나 봐.

＊
＊

너는 '독립'이라는 단어를 어떻게 생각하니? 좋은 말이지. 나답게 살려면 그래서 행복한 삶을 살 수 있으려면 우리는 스스로 일어날 수 있는 힘을 길러야 해. 그렇다면 그 반대편에 있는 '의존'은 어때? 우리는 주체적인 어른으로 자라야 한다고 배워. 의존적인 어른은 무능하다고들 하지. '너는 충분히 해낼 수 있어, 힘들겠지만 힘을 내, 끝까지 포기하지마. 혼자서도 잘할 수 있어.'라는 응원의 말을 들으며 독립적인 사람이 되려고 애써 왔어. 그러니까 나는 나의 일을, 나의 마음을, 나의 독감을 스스로 해결해야 하는 거야. 그런데 자꾸 누군가에게 의존하고 싶다는 마음이 생기더라. 다른 사람에게 기대어 나는 무엇을 얻고 싶었던 걸까. 아픈 건 나눌 수도 없는데.

지금 이마에 손을 올려 볼래? 너는 이마의 크기가 손바닥의 크기와 비슷한 이유를 알고 있니? 선생님은 시인 허은실의 시 「이마」를 읽다가 알았어. 혼자서 앓고 있는 밤에 '나'는 타인의 손에 이마를 맡기던 날을 생각하지. 아픈 이마와 이마를 만지는 손. 너도 많이 겪어 봤을 거야. 선생님은 이만큼 어른이 되었는데도 여전히 이마를 만져 주는 엄마의 손을 좋아해. 나의 이마와 타인의 손 사이에는 시인의 표현대로 '선량한' 마음이 자라는 것 같아. 어느 누구도 나 대신 아플 수는 없지만 아픈 마음을 짐작해 줄 수는 있지. 체온계처럼 정확한 발열의 증거를 찾고 처방의 기준을 세울 수는 없어도, 나의 이마 위에 놓인 다른 사람의 손은 우리가 지금 여기에 같이 있다는 사실을 알려 줘. 이마는 뜨겁고 손은 따

뜻해. 나의 몸으로 다른 몸의 체온을 감각할 때 우리는 서로 연결되어 있음을 알 수 있지.

사람은, 누구나 언제든 어딘가 아프기 마련이야. 우리는 지금까지 독감과 뜨거운 이마에 대해 이야기했지만 통증과 고통은 몸 너머 삶 전체에 일렁이는 사건이고 경험이야. 사랑하는 사람과 이별해 슬플 수도 있고, 갑자기 차가워진 친구의 시선에 겁이 날 수도 있어. 진심을 다한 노력이 인정받지 못해 화가 날 수도 있고, 내 편이 하나도 없는 것 같은 막막한 느낌이 들 수도 있지. 이때 우리는 혼자여서는 안 돼. 힘이 들 때는 힘을 낼 수가 없거든. 의존이 유일한 방법이 될 거야. 이마와 손이 닿아 있을 때, 그 감각만으로도 괜찮아지는 기분이 드는 것처럼 나의 마음과 다른 사람의 마음이 서로 기대고 있다는 느낌은 나의 삶이 완전히 부서지거나 무너지지 않는다는 믿음으로 자랄 테니까.

서로가 서로의 마음에 기대는 풍경을 생각하면 떠오르는 그림책이 하나 있는데, 우리 같이 볼까? 작가 유모토 가즈미가 쓰고 사카이 고마코가 그린 『곰과 작은 새』야. 곰과 작은 새는 깊은 우정을 나누는 친구야. 둘은 언제나 함께할 수 있다고 믿었지만 작은 새는 예고도 없이 영원히 떠나 버리지. 아마 이 그림책을 처음 읽는다면 사랑과 이별에 대한 이야기라고 생각할지도 몰라. 곰과 작은 새가 얼마나 사랑했는지, 또 곰이 작은 새와 어떻게 이별할수 있었는지 길게 이야기하고 있거든. 하지만 선생님은 이 책을 볼때마다 한 장면이 아주 커다랗게 다가와. 자꾸만 아프고 슬퍼서 금세 넘기지 못하고 오래 바라보고 있지. 바로 작은 새의 죽음을두고 가슴 아파하는 곰에게 숲속 친구들이 충고하는 장면이야.

곰아, 이제 작은 새는 돌아오지 않아. 마음이 아프겠지만 잊어야지.

이 말을 들은 곰은 집에 들어가 문을 꼭꼭 걸어 잠그고 깜깜한 방에서 꼼짝 않고 앉아 혼자서 시간을 보내. 숲속 친구들이 맞아. 작은 새는 이미 죽었고, 살아 있는 곰은 잊어야 잘 살 수 있어. 사실과 정답을 전했지. 하지만 산다는 게 사실과 정답이 전부가아니야. 곰은 문을 닫아 버렸고 슬픔은 깊어졌잖아. 곰이 이렇게 계속 혼자 있다면 어떻게 될까. 숲속 친구들의 충고대로 고통과아픔을 이겨 내고 다시 나올 수 있을까?

어느 날 우연히 곰은 들고양이를 만나게 되는데 이 들고양이는 숲속 친구들과 다른 말을 건네.

넌 이 작은 새랑 정말 친했구나. 작은 새가 죽어서 몹시 외로 웠지?

비로소 곰은 죽은 작은 새를 환한 볕이 드는 곳에 묻어 줄 수 있었어. 그리고 들고양이와 함께 여행을 시작하지, 앞으로 만날 누군가를 상상하면서.

곰이 깜깜한 방에서 나올 수 있었던 것은, 현실을 확인해서 도 조언을 마음에 새겨서도 충고를 받아들여서도 아니야. 짐작하 는 말에 담긴 힘 덕분이었지. 그리고 우리는 그 힘을 '감정이입'이 라고 부른단다. 작가이자 역사가 리베카 솔닛은 그의 책 『멀고도 가까운』을 통해 감정이입을 아주 중요하게 썼어. 감정이입은 다 른 사람이 되는 일이야. 어떻게 되냐고?

다른 사람이 가지고 있는 이야기 속으로 걸어 들어간다고 생각하자. 작은 새를 잃은 곰의 경험이 나의 경험이었다면 어떤 마음이 들었을까 상상하고 느끼는 거야. 그리고 그렇게 만든 이 야기를 다시 나 자신에게 들려주는 거지. 감정이입은 저절로 이루 어지는 것이 아니야. 자극에 대한 감각이나 상황에 대한 감정과 는 달라. 신체적 반응이나 사회문화적 관습이 아니라서 당연하 지 않아. 아주 어려워. 배우고 애써야 할 수 있는 일이야.

○

　리베카 솔닛의 책을 읽기 전에는 감정이입이라는 단어를 두고 깊이 생각해 본 적이 없어. 학교에서 배웠던 대로 예술 작품을 창작하거나 감상하는 방식을 가리키는 말로 썼지, 다른 사람의 마음을 이해하려고 할 때는 '공감'이나 '동감'을 썼던 것 같아. 감정이입과 공감과 동감. 서로 비슷해 보이지. 하지만 선생님은 다르다고 생각해. 리베카 솔닛은 감정이입을 설명하면서 다른 사람을 자기 '안으로 불러들인다.'라고 표현했는데, 이 '들이는' 일이 바로 그 차이가 아닐까. 내 안에 들어온 감정은 더 이상 남의 것이 될 수 없지.

　공감이나 동감은 다른 사람의 마음과 생각에 고개를 끄덕이는 자세야. '나도 그렇다고 느껴.' 내가 지금 너와 비슷한 감정을 느끼고 생각한다는 것을 다정하게 표현해. 내가 여기에 있고 네가 저기에 있을 때, 그 사이에 생길 수 있는 것. 그렇다면 감정이입은 사이를 지우는 일처럼 보여. 사이를 건너면 너의 세계는 나의 일부가 되고 나의 세계는 너의 일부가 되겠지. 제자리에 머물지 않고 서로에게 가닿으려는 움직임이고, 이 움직임은 직접 느끼지 못했던 것을 직접 느끼겠다는 의지에서 비롯하는 거야.

　마주한 두 사람을 떠올려 보자. 두 사람의 그림자 역시 두 개일 거야. 이제 한 사람이 다른 사람의 어깨에 손을 올려. 이때 두 사람의 그림자는 어떤 모양이 되겠니? 어깨와 손이 겹쳐지면서 두 사람의 경계선 일부가 지워지고 이 지워진 부분을 통로 삼아 두 개의 그림자가 하나의 그림자로 이어질 거야. 그림자처럼 모두의 자아가 조금씩 겹쳐진 세계를 상상해 봐. 서로가 서로에게 기대고 있는 세계.

자아는 눈에 보이거나 만져지지 않아. 그래서 나의 자아가 어디에서 시작해서 어디에서 끝나는지 누구도 확실하게 알 수 없지. 리베카 솔닛의 말대로 '자신이 느끼는 것'이 자아의 시작과 끝을 알 수 있는 기준일 것 같아. 아무것도 느끼지 않는다면 우리는 스스로 자아를 확인할 방법이 없을 거야. 잠들어 있는 상태를 생각해 봐. 기쁨이나 슬픔을 느낄 때 비로소 느끼고 있는 '나'가 드러나는 거지. '느끼는 만큼의 나'가 자아의 범위야. 그래서 감정이입은 자아의 경계를 정하는 데 아주 중요해. 만약 다른 사람에게 감정이입을 하고 그 사람의 마음을 느낀다면 그만큼 나의 자아는 넓어지겠지. 어쩌면 이런 식으로 자아는 무한대로 늘어날지도 몰라. 그렇게 우리의 자아는 연결되고 각각의 사람은 외딴 섬에서 벗어날 수 있는 거지.

이 글을 시작할 때, 어른이 될수록 소리 내어 울기가 어려워졌다고 했잖아. 아마 너도 점점 더 그렇게 될 거야. 그런데 혼자 우는 일은 참 외롭고 힘들더라. 그러니까 우리 각자가 있는 방에서 문을 활짝 열고 있자. 어디선가 우는 소리가 들리면 그 문으로 나

○

가 소리를 따라가는 거야. 울고 있는 사람 곁에 앉아 어깨를 가만히 토닥여 주는 거지. 서로가 서로에게 기댄 그림자처럼 겹쳐진 마음이 우리를 지켜 줄 수 있도록.

4장

문을 열고 나아가기

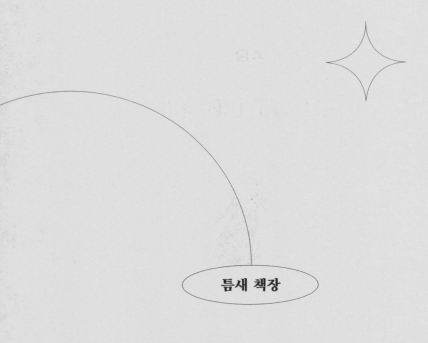

틈새 책장

『혐오와 수치심』, 마사 너스바움 지음, 조계원 옮김, 민음사, 2015

<지연>, R. 키쿠오존슨의 그림, 2021년 4월 첫 주 『뉴요커』 표지

혐오

지극히 인간다운 인간임을 모르고

오늘도 식탁에 앉아 이 글을 쓰고 있어. 베란다 커다란 창문과 마주하는 자리를 내 자리로 정하고 매일 여기에 앉아서 밥을 먹고 책을 읽고 글을 쓰지. 저 풍경을 좋아하거든. 무성하게 자란 나무들은 깊은 숲의 느낌을 가졌어. 특히 소리가 그래. 나무가 흔들리고 새들이 울어. 나무들 너머로 중학교가 하나 있는데, 그곳에서 나는 소음들도 좋아.

10대가 내는 소리는 참 싱그러워. 내가 사랑하는 계절을 닮았어. 나도 저런 소리를 가졌던 때가 있었지, 생각하면 왠지 눈물이 날 것 같은 기분이 들기도 해. 가끔 소리에 끌려서 학교 담 너머에 귀 기울이는데, 너도 알다시피 중학생들의 대화 내용이 딱히

○

유익하거나 건전하지는 않아. 감탄사와 욕의 향연. 기막히게 된소리마다 강세를 넣어 모든 단어들이 욕의 리듬을 따라 춤을 춰. 그 소리들을 듣고 있으면 자꾸만 웃음이 나와. 욕하는 것도 예쁘네, 혼잣말을 하지. 뭐, 나도 그랬던 것 같아. 존나 없이는 감정도 없었지. 그때는 존나 웃기고 존나 짜증 나고 존나 떨리는 일들만 있었어. 나는 10대들의 존나와 된소리를 존중해. 하지만,

"아! 이 새끼 존나 어이없어, 극혐!"

나무가 일렁이고 새들이 지저귀고 새끼도 존나도 싱그럽게 부딪히고 사라지는데, 극혐은 달라. 가시처럼 꽂히는 말. 극혐은 '극도로 혐오한다'는 뜻을 담은 줄임말이지. 이 말은 욕보다 속된 분위기는 덜하지만, 훨씬 더 위험한 말이라고 생각해. '혐오'라는 감정 때문이야. 극혐은 발암이, 맘충이, 급식충이, 씹선비가, 틀딱이 되었지. 이대로 괜찮을까? 아니, 우리는 반드시 혐오와 혐오 표현들을 앞에 두고 질문을 던지고 생각을 해야 해.

단순히 혐오가 나쁜 감정이기 때문에 피해야 한다는 뜻은 아니야. 두려움, 분노, 우울처럼 부정적인 감정들은 얼마든지 있지. 긍정적이든 부정적이든 우리는 감정을 표현할 수 있고 또 그래야만 해. 감정은 지금 여기에 있는 나의 존재를 확인하고 또 드러낼 수 있는 방법이거든.

선생님은 감정에 대해 생각하면 거미줄이 떠올라. (이른 아침

에 거미줄은 아주 경이롭고 아름다워. 학교 가는 길에 꼭 거미줄을 찾아서 들여다보길! 아마 다른 날보다 서둘러야 할 거야. 이슬이 가시기 전에 가장 선명하거든. 그리고 거미줄을 보고 있으면 시간 가는 줄 모를 테니까.) 가느다란 선들이 복잡하지만 단정하게 전체를 이루지. 세계의 작은 진동을 포착한 선 하나가 다른 선에게 그 진동을 전달해. 진동을 전달받은 선은 또 다른 선에게 전달하고. 이렇게 이어지다 보면 모든 선이 진동을 알아차리고 흔들려. 감정도 그래. 내 안에 감정들도 거미줄처럼 복잡하게 얽혀 있지만 나름의 체계를 가지고 단정하게 '나'를 이루고 있지. 나의 감각과 경험이 선 하나를 흔들면, 결국 모든 선이 흔들리게 될 거야. 진동의 힘으로 나는 멈추지 않고 앞으로 나아갈 수 있어.

거미에게 거미줄의 선들은 하나도 빠짐없이 소중할 거야. 하나가 끊어지는 순간 거미는 균형을 잃고 기울겠지. 나의 감정이 어떤 색깔이든 하나도 빠짐없이 소중한 이유야. 한편으로 선 하나가 끊어져도 거미는 완전히 무너지지 않을 거야. 다양한 감정을 느끼고 기억하고 표현해야 하는 이유이기도 해. 감정이 나를 지탱할 거야. 그런데 왜 혐오를 표현하면 안 된다고 할까? 혐오도 여러 감정 중 하나인데 말이야.

혐오는 무엇을 아주 싫어하는, 단순히 대상에 대한 개인의 기호를 드러내는 감정이 아니라서 그래. 혐오라는 감정에 대해 자

○

세히 알아보자. 철학자이자 고전학자인 마사 너스바움의 글이 도움을 줄 거야.

　지금 한번 온라인 서점에서 마사 너스바움을 검색해 봐. 많은 책이 번역되어 있어. 제목과 소제목에 쓴 단어를 살펴보면 마사 너스바움이 어떤 생각을 하는 학자인지 감이 잡힐 거야. '분노'를 다루는 방법, 정의로운 사회를 위한 '상상'과 '감정', '인간성'을 기르기 위한 인문학, 시장이 아닌 '학교'가 갖추어야 할 태도에 대해 묻고 답하지. 우리에게 아주 익숙하지만 명쾌하게 정의하기 어려운 단어들이야. 누구나 경험하지만 그 누구도 똑같이 경험할 수 없기 때문 아닐까. 우리는 서로 다르기에 완전히 맞거나 완전히 틀린 답은 없어. 하지만 더 '나은' 방향은 찾을 수 있지.
　며칠 전에 만족을 느끼는 법은 쉽지만, 행복을 느끼는 법은 부단히 배워야 한다는 말을 들었어. 행복을 느끼는 법을 배우려는 태도는 그렇지 않은 태도보다 더 나은 삶을 만들겠지? 우리는 그 방향을 찾아야 해. 그런데, 어느 쪽으로 가야 하지? 세상에는 사람과 인생이 이렇게나 많은데, 더 나은 방향을 단 한 명이 정할 수는 없을 거야. 사람들이 끊임없이 서로의 경험과 생각을 나누며, 더하고 빼고 고쳐야 할 테지.
　선생님은 『인간성 수업』으로 마사 너스바움의 생각을 처음

접했어. 다 읽고 나서 얼마나 든든했는지 몰라. 지금보다 더 좋은 삶을 살 수 있다는 희망이 생겼거든. 나 또한 그 방향을 만드는 데 참여하고 있고 그 역할이 크든 작든 아주 중요하다는 자부심도 생겼지. 생각하고 나누고 행동하자고 다짐했어. 지금 우리가 나누고 있는 대화도 그 다짐에서 비롯된 것이고.

다음에 읽은 책이 바로 『혐오와 수치심』이야. 이번에는 이 책을 검색해 보자. 어때? 표지가 인상적이지. 덩어리라고 표현할 수밖에 없는 인간의 살이 화면 가득 차 있어. 영국 화가 제니 사빌의 작품이야. 그림의 제목은 〈인생의 어느 시점〉. 선생님에게는 이 작품이 아주 강렬하게 다가와서, 제니 사빌의 다른 그림들도 찾아봤어. 주로 여성의 비대한 몸을 아주 커다랗게 그리는 작가야. 접히고 뭉개지고 흐르는, 실재의 몸들. 그의 그림 속 주인공은 우리에게 익숙한 '아름다운 비너스'가 아니야. 소외되고 배제되었던 여성들의 '살'이지. 우리 사회는 오랫동안 여성의 살을 혐오했고 여성의 살은 스스로를 수치스럽다 여겼지. 그 살들이 무대 위로 나온 거야. 그리고 우리에게 묻지. 왜 혐오받아야 하지?

책 제목 옆에 작게 쓰여 있는 원제를 보자. Hiding from humanity : Disgust, Shame, and the Law. 혐오와 수치심 그리고 '법'이 있네. 이 두꺼운 책의 주제를 함축한 단어야. 마사 너스바움

○

은 이 책을 통해 '혐오스러움이 법을 만들고 판결을 하는 데 근거가 될 수 있는가?' 묻고 '될 수 없다.'고 답하지. 이를테면 어떤 사람이 동성애 커플의 애정 행위가 혐오스러워서 폭행을 가했다고 하자. 법이 그 폭행에 대한 책임을 물을 때, 범죄자가 느낀 혐오는 판결의 근거가 될 수 없다는 거야. 분노와 두려움을 생각해 볼까. 법은 분노나 두려움을 느낀 이유가 타당하다면, 범죄의 잘못을 줄여 주거나 범죄로 여기지 않아. 어떤 사람이 누군가의 협박을 받아 극심한 두려움에 휩싸였고, 그 사람이 시키는 대로 물건을 훔쳤다고 하자. 법은 범죄에 대한 책임을 줄여 줄 거야.

마사 너스바움은, 혐오는 여러 면에서 문제가 있는 감정이라고 생각해. 그리고 그 문제가 무엇인지 방대한 자료를 통해 설명하지. 선생님은 이 책을 읽기 전에는 혐오를 독이나 병균처럼 외부의 위험한 물질로부터 몸을 지키려는 인간의 본능적인 감정이라고 생각했어. 사람을 독이나 병균처럼 취급하면 안 된다는 조금 막연한 이유로만 혐오 표현에 반대했지. 하지만 생각보다 더 복잡한 문제가 있더라고.

단 몇 문장으로 혐오의 문제를 설명하기는 어려울 것 같아. 내가 이해하기에 가장 큰 문제를 말해 줄게. 혐오는 '원인' 뒤에 자연스럽고 타당하게 이어지는 '결과'가 아니야. 인간이 동물보다 우월하다는 믿음과 연결되어 있거든. 아주 오래전부터 인간은 스스로를 동물과 다른 순수하고 고결한 존재라고 생각해 왔어. 하지만 인간의 몸은 동물적인 육체를 가지고 있지. 우리 몸이 배출하는 배설물을 떠올려 봐. 똥, 오줌, 땀, 콧물, 피. 배설을 할 때 인간은 자기 안에 '동물성'을 목격하게 되지. 배설물은 혐오스러워. 하지만 눈물은 어때? 눈물은 좀 달라. 왜 그럴까? 우리는 인간과 동물의 큰 차이는 웃거나 우는 일이라고 믿고 있지. 맞아, 눈물은 동물성을 연상시키지 않아. 인간만의 특징이라 생각하는 거야.

혐오는, 인간이 지닌 동물성을 삭제하고 싶은 욕망에서 비롯되는 감정이야. 인간은 동물과 다른 고결하고 순수한 존재가 되고 싶은데, 자꾸만 동물처럼 똥도 싸고 오줌도 싸고 땀을 흘리고 콧물을 닦고 구역질과 구토를 해. 인정하고 싶지 않으니 자꾸만 감추고 눈을 돌려. 나의 동물성까지 모두 다 가져갈 수 있는 대상을 찾지. 인간과 동물 사이에 자리를 마련해 두고 나보다 취약한 사람들 — 흑인, 아시아인, 여성, 장애인, 동성애자, 어린이, 노인 — 을 향해 소리쳐. 이 자리에는 '대부분'의 인간과 다른 더럽고 추하고 이상한 존재들이 앉아 있어요!

약한 존재를 혐오의 대상으로 삼고 마음을 놓았던 거야. '나는 저들과 달라. 완전하고 완벽한 인간이라고!' 혐오에는 될 수 없는 존재가 되고 싶은 열망이 담겨 있고 그러한 열망을 추구하는

○

과정에서 약한 사람들을 표적으로 삼아.

＊

미국 시사주간지 『뉴요커』의 2021년 4월 첫 주 표지 그림 <지연>을 한번 볼까. 구글에서 영문으로 주간지 이름 'The Newyorker'와 일러스트 제목 'delayed'를 검색하면 바로 볼 수 있어. 자, 무엇을 말하고 있는 것 같니? 먼저 배경이 되는 장소를 살펴보자. 미국 시사주간지의 표지이니까, 미국 대도시의 열차 플랫폼이겠다. 두 사람이 열차를 기다리고 있어. 옷차림은 아주 평범하네. 오히려 너무 어두운 것 아닌가 싶어. 이런 옷차림은 도시 풍경에 금세 묻혀 버리겠지. 혹시 보호색인 걸까? 두 사람은 시선을 주변에 두고 있어. 표정을 봐, 불안하고 두려운 것 같아.

제목처럼 열차는 지연되고 있고 두 사람은 아무도 없는 플랫폼에서 벗어나 열차에 타기를 간절히 바라고 있는 것 같아. 열차 플랫폼은 아주 일상적인 공간인데, 두 사람은 왜 불안하고 두려워 보이는 걸까? 맞아. 두 사람은 여성이고, 미국에 사는 아시아인이야. 약자. 물리적인 힘과 상징적인 힘 모두 약하지. 혐오의 대상. 미국에서는 아시아 여성에게 무자비한 폭력을 휘두르는 범죄가 지속적으로 일어나고 있어. 퇴근을 하고 집으로 가다가, 슈퍼마켓에서 물건을 사다가, 약속 장소에서 친구를 기다리다가 갑자기

공격을 당하는 거야.

　그 공포와 슬픔을 상상할 수 있겠니? 인종차별과 성차별은 아주 오래된 사회문제이지만 지난 몇 년간 코로나 바이러스가 세계를 휩쓸면서 혐오가 더 심각해졌어. 생각해 봐, 코로나 바이러스는 아시아 여성이 원인이 아니야. 분노를 약한 사람들에게 표현한다고 해서 문제가 해결되는 것도 아니야. 그런데 왜, 우리는 아무런 잘못도 없이 맞아야 하는 거지? 어쩌면 대답은 아주 간단해. 혐오스러우니까. 우리가 혐오스러운 인간이 되어야 그들은 순수하고 고결한 인간이 될 수 있으니까.

　혐오의 기준은 고정된 흑과 백의 관계가 아니야. 사람의 정체성은 부분이 모여 만든 전체이니까, 어떤 집단에 대한 혐오 표현은 반드시 스스로를 향하게 될 거야. 선생님을 봐, 나는 아시아인 여성 엄마…… 겹겹의 정체성을 가지고 있어. 장애인 혐오 표현 앞에서는 무사할 수 있어도 아시아인이나 여성 혐오 표현 앞에서는 혐오스러운 존재가 되지. 이 세상에 어느 누구도 순수하고 고결할 수 없단다. 그래서 혐오는 진실이 아니야. 혐오 표현은 마치 진실처럼 보이도록 만들어진, 가면을 쓴 언어야. 그 안에는 나 역시 지극히 인간다운 인간임을 부정하며 불안에 떠는 얼굴이 있겠지.

　방금 알았는데, 마사 너스바움의 『타인에 대한 연민』이라는

○

책도 번역되었네. '혐오의 시대를 우아하게 건너는 방법'이라는 소제목이 붙어 있어. 혐오하고 혐오받는 것이 이렇게 쉬운 세상에서 우리는 결코 행복해질 수 없을 거야. 혐오하지 않는 언어를 배우고 말하고 싶어. 우리, 같이 하자.

틈새 책장

『바바야가 할머니』, 패트리샤 폴라코 지음, 최순희 옮김, 시공주니어, 2003

『스티그마』, 어빙 고프먼 지음, 윤선길·정기현 옮김, 한신대학교출판부, 2009

『커버링』, 켄지 요시노 지음, 김현경·한빛나 옮김, 민음사, 2017

커버링

스카프 따위는 벗어 던지고

무서운 이야기 좋아하니? 무시무시한 마녀가 나오는 이야기 하나 해 줄게. 작가 패트리샤 폴라코가 쓰고 그린 그림책 『바바야가 할머니』를 보여 줄 거야. 사실은 지난 시간 우리 같이 이야기 나눈 '혐오'가 잘 드러난 텍스트라서 가지고 왔어.

바바야가 할머니의 외모를 살펴볼까? 커다란 귀, 기다란 손톱, 뻣뻣하고 두꺼운 머리카락, 주름이 가득한 피부. 바바야가 할머니는 "맨 마지막 마녀" "전설 속 괴물" "숲에 사는 짐승"이지. 사람들은 바바야가를 혐오해. 하지만 바바야가 할머니는 마녀도 괴물도 짐승도 아니야. 아이를 사랑하기 때문에 마을에 내려가 사람들 사이에서 살고 싶어 하지.

○

　　결국 바바야가 할머니는 변장을 해. 커다란 귀를 스카프로 감추고 손톱을 짧게 자르지. 숲의 냄새는 흐르는 물에 벅벅 닦아 지워. '바바야가'가 가지고 있는 동물성을 모두 숨겼어. 그렇게 '할머니'가 되어 사람들과 어울리고 사랑하는 아이를 만나 행복하게 산단다. 하지만 사람들이 바바야가라는 존재를 어떻게 생각하는지 직접 듣게 되지. 바바야가를 향한 혐오의 말들에 상처를 받고 마을의 바깥으로, 원래 살던 숲으로 돌아가.

　　그러던 어느 날 바바야가 할머니는 위험에 처한 아이를 구해 내고 마을 사람들에게 인정을 받아 다시 마을에서 살게 돼. 마지막 장면을 볼까.

　　사람은 겉모습만 보고 판단해서는 안 돼.
　　마음이 중요한 거야.

　　모두가 웃고 있네. 그런데 나는 이 장면이 조금 슬퍼. 할머니의 뾰족한 귀는 처음부터 없었던 것처럼 여전히 스카프 속에 숨어서 숨죽이고 있거든. 어쩌면 몸에 밴 숲 냄새를 지우기 위해 깊은 밤마다 씻고 또 씻어야 했을지도 몰라.

　　선생님은 바바야가 할머니가 결국 바바야가 할머니가 될 수

없었다고 생각해. 마치 '사람같이 보이는 바바야가' 할머니의 자리
는 있어도, '고유한 바바야가' 할머니의 자리는 끝내 없었던 거야.
누군가는 되물을 수도 있겠다. 이제 마을 사람들 모두 바바야가
할머니의 정체에 대해 알고 또 존경과 사랑까지 얻게 되었다는
데, 사람같이 보이든 고유하든 도대체 무엇이 문제냐고 말이야.

　　바바야가 할머니의 자리는, 뾰족한 귀와 거친 손톱과 숲 냄
새가 마을 사람들에게 '보이지 않는다.'는 조건 아래 주어졌어. 마
을 대표와 바바야가 할머니가 협상을 하고 계약서에 사인을 했
다는 뜻이 아니야. 바바야가 할머니에게 귀와 손톱과 냄새를 감
춰야 파티에 초대받을 수 있다고 직접 말한 사람도 없었을 거야.
그저 스카프가 벗겨져 뾰족한 귀가 드러났을 때 바바야가 할머
니의 눈을 피하거나, 바바야가 할머니에게 예쁜 스카프를 선물해
주었겠지. 바바야가 할머니도 '우리'가 될 수 있어요. 선의를 담아
서 말을 건넸을 거야.

　　그래, 마을 사람들의 바람대로 바바야가 할머니는 끝까지
'우리'가 되려고 노력할 거야. 그래야 마을 사람들이 불편해하지
않으니까. 바바야가 할머니는 '커버링'을 하고 있어.

＊＊

　　커버링이라는 단어를 들어 본 적 있니? 많이 낯선 단어일 거

야. 선생님은 미국의 법학자 켄지 요시노의 책 『커버링』을 통해 이 단어를 알게 되었어. 커버링은 미국의 사회학자 어빙 고프먼이 발견하고 이름 붙였지. 이렇게 쓰고 보니 커버링은 지금까지 알려지지 않은 심해 생물이나 우주 행성이고, 어빙 고프먼은 커버링을 최초로 발견한 과학자인 것 같은데?

하지만 우리는 사람들의 생각이나 행동 그리고 그 배경과 이유에 관한 무엇인가를 발견하고 그것에 이름을 붙일 수도 있어. 생각이나 행동이 심해 생물이나 우주 행성처럼 시각으로 직접 확인할 수 있는 대상은 아니지만, 발견하고 이름을 붙이는 순간 우리와 우리의 공동체는 그것이 없던 이전처럼 살 수 없게 된단다. 세계를 해석하고 가치를 판단하는 새로운 눈을 갖게 되거든.

'인권'을 발견하고 이름 붙이기 전에는 어느 누구도 모든 인간에게 권리가 있다고 생각하지 못했지만, 지금은 모든 인간이 평등하며 존엄하기에 권리를 가진다고 믿고 있지. 인권을 바탕으로 법과 제도가 만들어지고 인권을 침해했을 때에는 처벌을 받아. 발견 그리고 이름 붙이는 행위를 통해 우리와 우리의 공동체는 점점 더 나은 세계를 만들 수 있어.

다시 커버링으로 돌아오자. 어빙 고프먼은 그의 책 『스티그마』에서 "자신에게 가해진 낙인을 받아들이기로 결심한 사람들

○

도 사실은 그 낙인이 두드러져 보이지 않도록 많은 노력을 기울이고 있다."라고 말했어. 그리고 그 과정을 커버링이라고 불렀지.

조금 더 찬찬히 설명을 해 줄게. 낙인은 특정한 모양으로 만든 쇠붙이를 뜨거운 불에 넣어 달구어 찍는 도장이야. 목재나 가구, 가축에 표시를 하려고 낙인을 찍었어. 뜨거운 쇠붙이로 태워서 표시를 남기는 도장이니 지우기 어렵겠지? 그래서 옛날에는 죄인의 몸에 낙인을 찍는 일도 있었어. 지금은 지울 수 없는 불명예나 나쁜 평판을 가리키는 말로 더 많이 쓰이고 있어. 어빙 고프먼이 커버링을 설명한 문장에서 '자신에게 가해진 낙인'은 바로 불명예나 나쁜 평판이야.

명예와 평판이라는 것에 대해 조금 더 생각해 보자. 명예나 평판은 본래 나의 것이 아니야. 다른 사람들이 나를 보고 내린 평가나 판단이 쌓여 생기는 거야. 칭찬이나 비난이 하나일 때는 모래알처럼 흩어지고 날아가는데, 쌓이면 쌓일수록 힘을 발휘하지. 그 힘은 아주 세서 지울 수 없는 낙인을 찍을 수 있어. 문제는 평가나 판단을 내리는 기준이 문화와 관습을 따른다는 거야. 문화와 관습은 불변하는 진실이 아니야. 끊임없이 사라지고 생겨나고 뒤섞이고 뒤집히거든. 그래서 절대적인 올바름이라고 할 수 없어. '아름다운 몸'이라는 평판은 쉬지 않고 달라져 왔다는 사실을 떠올려 보렴. 르네상스 시대에 만들어진 조각상의 몸과 지금 TV에서 볼 수 있는 연예인의 몸은 아주 많이 다르지.

　불명예와 나쁜 평판은 문화와 관습과 밀접한 관계를 맺고 있고 쌓이고 쌓여야 힘을 얻어. 그래서 낙인은 '지금 여기'를 사는 '다수'가 혐오하는 대상을 향하지. 혐오에 대해 나누었던 이야기 기억하니? 아시아인, 흑인, 여성, 장애인, 동성애자 들은 부족하거나 잘못된 아시아인, 흑인, 여성, 장애인, 동성애자라는 낙인을 가지고 산단다. 그리고 나의 정체성을 드러내지 말라는 사회적 압박을 받지.

　커버링은 나의 정체성을 숨기지 않지만, 혹은 숨길 수 없지만, 두드러져 보이지 않으려고 애쓰는 모든 행동을 말해. 어빙 고프먼은 프랭클린 루스벨트 미국 대통령의 이야기를 통해 낙인과 커버링에 대해 더 자세히 말했어. 루스벨트 대통령은 소아마비로 다리가 불편해 휠체어를 사용했어. 하지만 공식적인 자리에서 그의 휠체어는 보이지 않았지. 인터넷에서 루스벨트 대통령을 검색해 이미지를 찾아보면, 다리가 드러나지 않아. 거의 대부분 의자에 앉아 있거나 책상이나 자동차 뒤에서 상반신만 찍은 사진들이야. 회의를 할 때도, 참석자들이 회의 장소로 오기 전에 먼저 테이블 뒤에 자리를 잡고 기다렸다고 해. 모두가 그의 장애에 대해 알고 있지만 자신의 장애가 두드러지지 않도록 행동했지.

○

　　주류 혹은 다수라고 불리는 대부분의 사람들은 비장애인이
고, 장애를 결핍이라 여기지. 그 기준에 따라 장애는 대통령의 강
하고 반듯한 이미지에 방해가 된다고 판단했을 거야. 마거릿 대처
영국 수상도 여성이라는 자신의 정체성을 커버링했어. 발성 교정
과 연습을 통해 만든 낮고 굵은 목소리로 연설을 했지. 여성은 약
하고 의존적이고 감정적이며 남성은 강하고 독립적이고 이성적
이기 때문에 정치는 남성의 것이라는 주류의 기준에 어긋나지 않
으려면, 여성성을 연상시키는 목소리를 내지 않기 위해 노력해야
했지.

　　작고 크게, 우리는 모두 커버링을 하면서 살아. 선생님 역시
커버링을 해 왔고 지금도 하고 있어. 마른 몸과 날카로운 이목구
비는 특정한 성격을 연상시키잖아, 까다롭거나 신경질적이라는.
처음 만난 상대에게 좋지 않은 인상을 남길까 봐 부단히 노력하
지. 더 많이 웃고 유쾌하게 말해. 거절이나 싫은 소리도 안 하고 배
가 부르거나 먹기 싫은 음식이 있어도 그냥 먹어.

　　아이와 함께 외출했을 때는 혹시라도 '맘충'이라는 평가를
들을까 봐 온몸의 신경이 곤두서 있어. 웃으며 넘어갈 수 있는 아
이의 말과 행동까지도 엄격하게 제한해. "괜찮습니다, 감사합니
다, 죄송합니다."를 입에 달고 다니지.

가장 오래, 커버링했던 정체성은 생리하는 몸이야. 생리통이 심해서 안색도 표정도 나쁘기 마련인데, '깨끗하게 맑게 자신 있게' 행동하려고 애쓰지. 화장실에서 일회용 생리대 포장을 소리가 나지 않게 조심히 뜯는 매너를 배웠고 생리를 생리라 부르지 못하고 '그날'이나 '마법'이라고 돌려 말해야 했어. 생리하는 몸은 그저 몸인데 말이야.

우리는 같이 어울려 살아야 하는 존재이고 그래서 무조건 나의 모든 것이 옳다고 주장할 수 없어. 다른 사람의 삶을 염려하고 한발 물러서는 일은 서로를 위해 꼭 필요한 존중의 태도야. 배려하고 예의를 배우면서 더 나은 사람이 되지. 하지만 장소와 역할에 알맞은 행동을 하는 것과 '나 아님'을 연기하는 행동은 완전히 달라. 빠르게 지치고 오래 우울하지. 커버링은 나를 구성하는 정체성이 틀렸다는 평가와 판단에서 시작하거든.

바바야가 할머니는 '바바야가'가 아닌 것처럼 행동해야 해. '바바야가'는 다수의 사람과 다른 비정상 '괴물'이니까. 그런데, 정상과 비정상을 가르는 그 기준은 무엇일까? 마을 사람들과 바바야가 할머니 사이 — 이 세상 모든 몸들을 동그란 귀와 뾰족한 귀, 매끈한 손톱과 거친 손톱, 마을 냄새와 숲 냄새 단 두 가지로 구분할 수 있을까? 동그란 귀와 뾰족한 귀 사이에는 아주 동그란 귀와

○

덜 동그란 귀와 더 뾰족한 귀와 아주 뾰족한 귀들이 있잖아. 매끈한 손톱과 거친 손톱 사이에도 무수히 많은 손톱이 있지. 마을의 주변부, 거의 숲에 맞닿아 있는 집에서는 마을 냄새가 날까, 아니면 숲 냄새가 날까. 이렇게 생각해 보면 정상은 어디에도 없어. 우리의 귀와 손톱과 냄새는 모두 다를 테니까.

그래서 그림책 『바바야가 할머니』의 마지막 장면은 마지막이 되어서는 안 돼. 나는 바바야가 할머니가 스카프 따위는 벗어던지고 거친 손을 씩씩하게 흔들며 마을 광장에 서 있는 모습을 상상해. 치마를 입은 남자, 근육이 울퉁불퉁한 여자, 뛰어다니는 아이, 그늘에 숨은 아이, 휠체어를 탄 사람, 사람을 사랑하는 사람 누구든 있는 그대로 바바야가 할머니 곁을 지나가지. 따뜻한 햇볕 아래에서 몸을 데우고 있는 나도 있을 거야. 생리 중이라서 휴식이 필요하거든. 너는 어떤 정체성을 가지고 있는지 궁금하다. 우리, 나 그대로의 모습으로 마을 광장에서 만나! 서로의 말간 얼굴을 보고 마음껏 소리 내어 웃자.

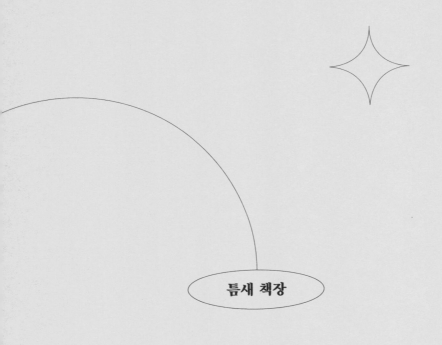

틈새 책장

『상처로 숨 쉬는 법』, 김진영 지음, 한겨레출판, 2021

『사자는 사료를 먹지 않아』, 앙드레 부샤르 지음, 이정주 옮김, 어린이작가정신, 2020

『늑대는 간식을 먹지 않아』, 앙드레 부샤르 지음, 이정주 옮김, 어린이작가정신, 2021

상처

이제 질문을 할 차례

어젯밤 보름달이 아주 동그랗고 커다랗게 떴는데, 너는 어떤 소원을 빌었니? 선생님이 그동안 소원을 많이 빌어 봐서 아는데, 구체적으로 소원을 빌면 안 돼. 보름달이 모르는 척하거든. 그도 그럴 것이 새로 나온 휴대폰을 가지고 싶어요, 라든가 제가 좋아하는 그 애가 저를 좋아하게 해 주세요, 같이 콕 집어서 말하는 소원을 받으면 보름달은 해 줄 수 있는 게 없어. 그러니까 될 수 있는 대로 모호하게 말해야 해. 기억에 남는 선물을 받고 싶어요, 라든가 다정한 사랑을 받게 해 주세요, 같은 소원은 반드시 이루어지기 마련이니까. 물론 소원을 비는 사람의 예상을 벗어나는 방식이겠지만.

○

　나는 깊이 고민하다가, 어쩌면 오래 머뭇거리다가 "우리 가족이 모두 행복하게 해 주세요." 하고 소원을 빌었어.

　명절이라 온 가족이 모였고, 온 가족이 모일 때마다 아빠는 행복하다고 말하고 또 말하는데, 이런 게 행복인가? 나는 아닌데. 아빠가 옆에 있던 내 등을 두드리면서 또 말했어.

　"아, 오늘 참 행복하다. 뭐 다른 게 행복이겠어? 가족들끼리 이렇게 얼굴 보고 맛있는 거 먹고 화목하게 웃고. 그게 행복이지. 아빠가 오늘 참 행복해. 그런데 말이야. 이 녀석이 아들로 태어났어야 했는데. 아들로 태어났으면 큰일을 했을 거야 우리 큰딸이."

　낯선 사람들 앞에서 나를 처음 소개하는 것 같은 표정으로, 너무 자랑스럽게, 아빠가 말했어. 너는 아들로 태어났어야 했는데. 아빠는 행복할 때마다 이 말을 잊지 않고 하고, 아빠는 자주 행복한 사람이니까 나는 이 말을 잊지 못할 만큼 듣는 거야. 그래서, 선생님은 보름달을 보고 소원을 빌었어. 우리 가족이 행복했으면 좋겠어요. 행복하지만 아들이 없는 아빠도, 행복하지만 아들이 아닌 나도. 모두 다.

　어렸을 때부터 들어 왔던 말인데 이제야 화가 나는 걸 보니 나는 그동안 내 안에 상처가 있는 줄도 몰랐나 봐. 음, 용기를 내어 솔직하게 말해 볼게. 사실 모르는 척했어. 우리는 화목한 가족이거든. 나는 아빠의 사랑을 듬뿍 받는 딸이야. 아빠는 단 한 번도 의심하지 않고 성실하게 아빠의 평생을 가족을 위해 썼어. 그 덕에 나는 무럭무럭 잘 자랐지. 아들로 태어났으면 큰일을 했을 텐데 아들로 태어나지 못해 겨우 이만큼인 딸이지만, 아빠의 말대로 '뭐 다른 게 행복이겠어?' 생각했지. 아주 가까운 사이에 건넬 수 있는 농담. 그렇게 슬쩍 웃으며 넘어갔던 것 같아. 결과는? 나는 꾸준히 상처를 받고 있었어.

상처 없는 몸은 없을 테니까 너도 알 거야. 상처가 생기면 얼른 약을 바르고 상처가 아물기를 기다리지. 시간이 지나면 상처는 아물고 때때로 흔적조차 남지 않아. 마음은 어떨까? 상처 없는 마음도 없을 테니까 너도 알 거야. 우리에게는 '힐링'이 있지. 곳곳에서 당신을 '치유'해 주겠다 손짓하잖아. 원한다면 언제든 괜찮다고 위로를 받거나 자존감을 키우라는 조언을 얻을 수 있어.

하지만 몸이든 마음이든 상처가 난 원인을 알아차리지 못한다면 꾸준히 상처를 입게 될 거야. 책상에서 작업을 하다가 무언가에 찔려 상처가 났다면 무언가를 찾아야 해. 아마 책상에는 잘못 박힌 못 끝이 비죽하게 튀어나와 있겠지. 그 못을 찾아서 빼야 또다시 다치지 않는 것처럼 어떤 상황에서 마음에 상처가 생겼다면 무엇보다 '왜?'라고 질문해야 해. 나에게 상처를 준 상황을 세심하고 날카롭게 살필 수 있어야 한다는 말이야. 그리고 그 상황

○

을 바꿀 수 있는 행동을 해야지. 힐링과 치유가 무엇을 바꾸었는지 생각해 봐. 다 괜찮아, 너는 소중한 존재야, 조금 더 노력해 봐, 같은 따뜻한 다독임만으로는 아무것도 바뀌지 않아. 아빠는 나를 사랑하고 나는 아빠를 사랑하고 우리는 행복한 가족이라는 믿음이 아무것도 바꾸지 못했던 것처럼.

**

한 개인의 삶이 이 세계로부터 얼마나 상처받고 있는지, 우리가 이 세계를 상대로 무엇을 해야 하는지 알아차린 철학자가 있었어. 테오도어 아도르노는 1940~1950년대 미국 사회를 대상으로 『미니마 모랄리아』라는 책을 썼지. 부제는 '상처받는 삶에서 나온 성찰'이야. 아도르노의 글은 읽기가 아주 어렵다고 해. 솔직히 말해서 선생님은 아직 엄두조차 못 내겠어. 하지만 지금처럼 차근차근 읽고 생각하다 보면 언젠가는 아도르노의 글을 마주할 날이 있을 거라고 믿어. 이 믿음의 첫발을 단단하게 받쳐 준 책을 소개할게. 한국의 철학자 김진영의 『상처로 숨 쉬는 법』이야. 김진영 선생님의 아도르노 강의록이지. 아도르노의 사유를 꼼꼼하게 따라가며, 상처를 드러내고 이 상처 안에서 삶을 시작하라는 선생님의 말을 한 줄 한 줄 새기며 읽었어.

아도르노는 이 세상이 아름답다는 말은 거짓이라고 비판해.

이 세상이 살 만하지 않기 때문에 우리의 삶이 상처투성이가 되었다는 거야. 내가 잘못해서 나에게 상처가 생긴 것이 아니야. '객관적 권력'이 이 세계를 움직이고 있거든. 촘촘한 그물을 떠올려 봐. 그물을 짜는 손이 객관적 권력이고 완성되어 가는 그물이 우리가 살고 있는 이 세계가 되는 거지. 그렇다면 너와 나의 삶은 어디에 있을까. 그래, 그물 위에 있겠지. 우리는 그물에 걸린 물고기야. 그래서 자꾸만 상처를 받는 거야.

객관적 권력은 눈에 보이지 않아서 우리는 이 힘을 의식하지 못하고 나의 의지대로 산다고 생각해. 하지만 착각이야. 우리는 객관적 권력의 의도대로 생각하고 행동하고 있단다. 예를 들어 너는 이미 휴대폰을 가지고 있지만 최신형 휴대폰이 사고 싶다고 하자. 이건 진짜 너의 욕망일까? 아니, 의도된 욕망이야. 최신형 휴대폰이 생산되지 않았고 그래서 광고도 만들어지지 않았다면 애초에 욕망은 생기지 않았을 테니까. 하지만 휴대폰은 생산되었고, 광고가 보였고, 갖고 싶은 욕망도 생겼어.

이 욕망은 이루어질 수도 있고 이루어지지 않을 수도 있겠지. 이루어졌을 때의 기쁨과 이루어지지 않았을 때의 슬픔은 네가 선택한 행동의 결과라고 생각하겠지만 이것 역시 너의 의지가 아니야. 최신형 휴대폰은 단순한 상품이 아니거든. 상품을 소비하는

○

사람은 가상의 이미지를 같이 사는 거야. 휴대폰을 샀다면 돈이 충분히 있고 트렌드에 민감하고 앞서는 사람이라는 이미지가 생길 것이고 휴대폰을 사지 않았다면 돈이 충분하지 않고 트렌드를 모르고 뒤처지는 사람이라는 이미지를 얻게 되지. 눈에 보이지 않지만 분명히 존재하는 객관적 권력은 휴대폰을 사든 안 사든 우리에게 어떤 이미지와 감정을 결정해 주고 어느 한쪽은 상처를 받게 되는 거야.

나는 『상처로 숨 쉬는 법』을 읽으면서 작가 앙드레 부샤르의 그림책 두 권, 『사자는 사료를 먹지 않아』와 『늑대는 간식을 먹지 않아』가 생각났어. 그래서 너에게 읽어 주려고 해. 두 권의 그림책은 익살스러운 그림이 주는 느낌과 다르게 무겁고 무서워. 먼저, 깊은 밤 목을 길게 빼고 초승달을 바라보고 있는 늑대부터 볼까. 파란 리본과 반짝이는 목걸이가 꼭 사람들이 키우는 강아지 같다. 이 늑대의 사연을 들어 보자.

배가 고픈 늑대가 도시의 텅 빈 거리를 헤매고 있어. 비쩍 마른 몸이 안쓰럽네. 이 늑대는 한참을 헤매다가 어느 할머니네 집에 들어가. 할머니는 늑대를 주인이 없는 개라고 생각하고 가족으로 받아 주지. 머리는 리본으로 묶어 주고 목에는 값비싼 목걸이를 둘러 줬어. 이제 늑대는 할머니가 원하는 대로 클래식 음악을 연주하고 미술관에서 작품을 감상하고 티 타임에 참석하고 학교에 가서 공부를 하지. 야생에서 살던 늑대이니, 어쩌면 문명화라고 할 수도 있겠다. 늑대는 이 모든 것이 부끄럽고 고통스럽지만 그릇을 지키기 위해 무엇이든 하기로 해.

그러다가 늑대는 다시 길 밖으로 나와 먹이를 구해야 하는 신세가 돼. 잔뜩 굶은 늑대가 놀이터에서 아이들을 보는데, 눈빛이 이상해. 아무래도 맹수의 본성을 찾은 것 같아. 입맛을 다시던 늑대가 한 일이 뭔지 짐작할 수 있겠니? 아이들의 달콤한 간식을 몽땅 먹어 치워. 그리고 생각하지. '차를 한 잔 마시고 싶어.' 이 늑대는 우리가 알던 늑대가 아니야. '길들여진' 늑대지. 길들여진 늑대는 끝까지 리본과 목걸이를 빼지 않아.

수업 시간에 이 그림책을 읽어 주고 나서 질문을 받아.

"선생님, 왜 늑대는 리본하고 목걸이를 계속 하고 있을까요? 할머니도 없으니까 마음대로 할 수 있는데. 되게 불편해 보여요."

다행히 누군가 대답을 대신해 줬어.

"익숙해진 거지. 처음에는 불편했는데 점점 익숙해진 거야. 나는 불편한 신발을 신으면 처음에는 아픈데, 놀다가 보면 아픈 것도 까먹어."

우리는 어떨까? 우리도 늑대처럼 길들여지고 있을 거야. 다만 모를 뿐이지. 처음에는 부끄럽고 고통스러웠지만 그릇을 지키려다 보니 부끄럽고 고통스러운 마음조차 잊은 것은 아닌지 두려워진다.

늑대가 왜 도시로 들어왔는지 기억나지? 늑대는 굶주렸어. 하지만 단 한 번도 내가 왜 이렇게 배가 고파야 하냐고 묻지 않았어. 아도르노는 우리가 상처의 아픔에는 대단히 예민하지만 상처의 이유에 대해서는 둔감하다고 했지. 이 상처가 무엇의 결과이며 도대체 왜 생겼는지 그 본질에 대해 깊이 생각해야 하는데 아무도 묻지 않는다는 거야.

이쯤에서 『사자는 사료를 먹지 않아』를 보여 줄게. 선생님이 생각하기에 이 그림책은 상처의 본질에 대해 묻지 않는 우리를 향한 경고야.

집 안에서는 개도 고양이도 키울 수 없다고 말하는 엄마 아빠의 말에 클레망스는 개와 고양이 대신 사자를 데리고 오지. 이 사자는 스스로 먹이를 구해. 도시 안에는 사람이 많고 사자는 먹을 것이 많지. 무슨 뜻인지 알겠지?

우리가 눈여겨볼 점은 클레망스의 시선과 표정이야. 사자가 사료 대신 사람을 먹을 때마다 클레망스는 아무것도 모르겠다는 표정으로 다른 쪽을 보고 있어. 조금 더 깊이 생각해 보자. 사자는 사자가 아닐지도 몰라. 이 사자는 객관적 권력의 얼굴이지. 비교와 경쟁을 부추기는 입시 시스템일 수도 있고 자기도 모르게 내뱉는 차별과 혐오의 말일 수도 있어. 사자는 사람들을 하나둘 잡아먹어. 클레망스는 모르는 척하며 끝까지 살아남을 듯하지만 결국 사자는 클레망스까지 잡아먹어 버린단다.

아도르노와 김진영과 앙드레 부샤르는 나의 상처를 감추거나 잊지 말고 더 깊이 들여다보라는 조언을 해. 용기를 내어 나의 상처를 응시하고 객관적 권력을 찾아 저항할 때, 거기에서 진정한 치유가 시작된다고 말해.

"아들로 태어났으면 큰일을 했을 텐데."

아빠의 농담이라고 애써 넘겼던 나는 이제 상처를 응시하기로 했어. 나는 왜 '아들'이 될 수 없었을까, 왜 '딸'은 부족한 걸까, 왜 아빠는 '딸'이 제대로 인정받지 못하는 세상이 잘못되었다고 말하지 않는 걸까.

진짜 문제는 아빠가 아니야. 우리 사이에 깊숙하게 뿌리내린 객관적 권력 ─ 차별의 관념이지. 이날 나는 우리 가족의 행복을 깨 버렸어. 아빠에게 크게 화를 냈거든. 나의 상처가 우리의 테이블 위로 선명하게 올라왔어. 아빠도 나도 행복할 수 없는 저녁이었지만 이제 더는 이 상처를 모르는 척할 수 없을 거야. 자, 여기서부터 시작하는 거야.

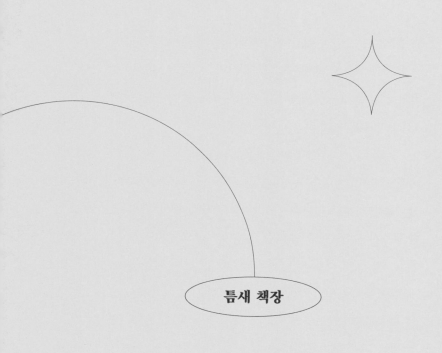

틈새 책장

『사람, 장소, 환대』, 김현경 지음, 문학과지성사, 2015
<오찬. 화가와 그의 아내 그리고 작가 오토 벤손>, 페더 세베린 크뢰이어의 그림

환대

서로가 서로의 풍경이 된다는 것

사람이 살아가려면 무엇이 필요할까?

여기에 단어 하나만 더 붙여 볼게.

사람이 사람답게 살아가려면 무엇이 필요할까?

'사람답게'는 힘이 센 말이야. 질문이 완전히 달라졌잖아. 첫 번째 질문에 대답은 사람마다 다를 거야. 달라도 괜찮아. 사람이 살아가려면 필요한 게 많거든. 두 번째 질문에 대답은 사람마다 다르면 안 돼. 사람이 사람답게 살아가려면 약속이 필요해. 서로를 사람답게 지켜 줄 약속. 그렇다면 어떤 약속을 해야 할까? 잠시 질문은 접어 두고 먼저 이야기를 나누자. 이야기 끝에서 우리

○

는 우리를 지켜 줄 대답을 찾을 수 있을 거야.

나는 지금 사람들이 자리에 앉아 있는 그림을 보고 있어. 이런 풍경을 보고 있으면 마음이 편안해지거든. 자리가 없어 속상했던 경험이 많아 그런 걸까. 아주 어렸을 때, 친구들에게 같이 놀자고 말을 걸어도 아무도 대답하지 않아서 앉지도 서지도 못한 자세로 오래도록 서 있었던 기억도 있고, 학교에 다닐 때는 버스 좌석은 왜 두 자리씩 붙어 있는 건지 원망스러웠던 기억도 있어. 친하게 지내던 친구들을 손에 꼽아 보다가 짝수가 아니면 체험학습이나 수학여행이 고민거리가 되었어. 누가 혼자 앉게 될까, 그게 나라면 어쩌지. 어른이 되면 확실한 나의 자리가 생길 줄 알았는데 아니었어. 어른인데도 자리를 찾을 수 없다니, 더 힘들더라.

그 얘기를 조금 더 해 줄게. 아기를 안고 지하철을 탔던 날이야. 대중교통은 누구나 탈 수 있는 거잖아. 흔들거리는 느낌을 좋아하는 아기라서 공공장소에서 아기 우는 소리로 다른 사람에게 피해를 주지 않으려면 서서 가야 했지. 넘어지지 않게 손잡이를 잡아야 하니까 손잡이들이 달린 좌석 앞으로 갔어. 그런데 그 좌석에 앉아 있던 사람이 불쾌하다는 듯한 표정으로 말하더라고, 노약자석에 자리 많으니까 여기 있지 말고 저쪽으로 가라고. 죄송하다고 사과를 하고 눈에 띄지 않는 구석으로 갔는데 눈물이 나는 거 있지. 화가 나고 슬펐어. 나와 아기의 존재 자체로 불편하다는 사람이 있었으니까. 그리고 나는 그 사람에게 나와 아기가 지금 여기에 있음을 사과했던 거야. 그날 지하철에는 우리의 자리가 없었어.

19세기 노르웨이 출신의 덴마크 화가 페더 세베린 크뢰이어의 그림에는 자리가 많이 나와. 안에서 밖에서 사람들은 자리에 앉아 이야기를 나누고 밥을 먹지. 어디에서도 자리를 찾지 못해 우울한 기분이 드는 날이 생긴다면 크뢰이어의 그림들을 보렴. 기분이 나아질 거야. 사람들은 서로를 향해 이리 와요, 여기에 앉아요, 손짓을 하고 옆자리를 두드려. 손님의 이야기에 귀 기울이는 여자의 눈빛과, 멀리에서 자리를 향해 걸어오는 남자의 어깨와, 떠들썩한 분위기에 제법 잘 어울리는 아이의 뒷모습이 참 좋아. 하얀 장미가 가득한 정원에서 책을 읽고 있는 여자의 옆자리는 비어 있어. 누가 와서 앉아도 괜찮다는 듯한 포즈에 마음이 놓여. 서로는 서로를 환대하고 환대의 표정은 계절과 상관없이 따뜻하고 풍요로워.

**

'환대'는 사회학자 김현경의 책 『사람, 장소, 환대』에서 수집한 단어야. 물론 그전에도 환대라는 단어를 알고 있었지. 국어사전을 찾아보면, '반갑게 맞아 정성껏 후하게 대접함'이라고 환대

○

를 설명해. '정성껏'과 '후하게' 때문일까? 환대는 중요한 손님과 집주인이 마주 앉은 풍성한 식탁을 떠올리는 단어였어.

방금 말했던 크뢰이어의 그림 하나를 골라 조금 더 자세히 보자. 구글에서 영문으로 'A luncheon. The artists, his wife and the writer Otto Benzon'이라고 검색하면 그림을 볼 수 있어. 제목 〈오찬. 화가와 그의 아내 그리고 작가 오토 벤손〉을 보니 세 사람은 지금 식사를 하고 있는 중이야. 왼쪽에 두 사람은 이 그림을 그린 화가와 그의 아내이고 다른 한 사람은 작가야. 부부가 작가를 초대한 것 같아. 셋 다 대단히 화려하지는 않아도 격식에 맞춰서 옷을 입었어. 하얀 식탁보 위에 하얗게 빛나는 식기들이 아름다워. 소담스럽게 꽂아 둔 꽃도 분위기에 잘 어울린다. 부부는 손님을 초대하기 위해 부족함 없이 정성을 들였을 거야. 내가 그동안 알고 있던 환대의 모습이지. 하지만 책을 읽으며 환대의 다른 뜻을 배웠어. 이 환대는 우리 함께 사람다운 삶을 살기 위해 꼭 필요한 단어야. 당연히 너에게도 필요해. 내가 배운 환대의 뜻을 찬찬히 말해 볼게, 잘 들어 줘.

먼저 인간의 개념과 사람의 개념을 생각해 보자. 인간과 사람의 차이는 무엇일까? 그래 맞아. 인간은 인간으로 태어나. 자연적인 사실이야. 원숭이가 원숭이로 태어나고 새가 새로 태어나는 것처럼 인간은 인간이라는 종의 특성을 공유하고 있어. 하지만 사람은 달라. 사람은 특성이 아니라 '자격'이거든. 자격은 다른 사람이 필요해. 아무도 없는 곳에서 스스로 왕의 자격을 내린다고 해서 왕이 될 수는 없지. 스스로 왕이 되었다고 해도 나를 왕으로 대하는 누군가가 없다면 아무런 의미가 없어. 왕의 자격을 얻으려면 사람들이 모여 있는 사회 안으로 들어가 왕의 자리를 가져야 해. 사람 자격도 마찬가지야. 사회 안에 있는 다른 사람들이 너의 존재를 인정할 때 비로소 사람이 될 수 있는 거야. 너는 지금 여기에 존재하고, 존재할 수 있는 자리가 있어. 너는 사람이야.

하지만 이 세상에는 자리가 없는 삶이 있어. 보이지 않는, 보여서도 안 되는 존재가 있지. 『사람, 장소, 환대』에서는 흑인 남자 노예 앞에서 태연하게 코르셋을 졸라매는 숙녀나, 밤중에 깼을 때 목이 마를까 봐 부부 침실 한구석에서 여자 노예를 재우는 신사의 일화를 예로 들고 있어. 노예가 사람답지 못했던 이유는 자리가 없었기 때문이야. 노예의 자리는 물건의 자리처럼 언제든 바꿀 수 있고 치울 수 있지. 일시적인 자리에는 어떤 권리도 없어.

미국에서 1876년에 만들어져 1965년까지 시행됐던 짐 크로우 법을 알고 있니? 이 법은 인종차별법이야. 차별의 방법은 자리를 삭제하는 것. 흑인은 버스, 화장실, 극장, 식당, 가게와 같은 공공장소에서 보여서는 안 되는 존재였어. 아예 들어가지 못하거나

○

다른 출입구를 사용해야 했어. 들어간다고 해도 흑인의 자리와 백인의 자리가 분리되었고 흑인의 자리는 눈에 띄지 않도록 뒤쪽이나 구석 혹은 벽 너머에 있었지. 흑인 여성인 로자 파크스는 버스 자리에서 일어나라는 백인의 요구를 거절하다가 체포되기까지 했어. 다행히 로자 파크스의 행동을 시작으로 흑인의 자리를 인정하라는 민권 운동이 시작되었고 짐 크로우 법은 폐지되었어.

노예 제도나 짐 크로우 법은 이제 옛날이야기야. 하지만 낯설지 않을 거야. 여전히 우리 사회는 보여도 되는 사람과 보여서는 안 되는 사람을 구분하고, 보여서는 안 되는 사람들의 자리를 인정하지 않거든.

환경을 깨끗하게 유지하려면 반드시 청소 노동력이 필요해. 하지만 청소 노동자들의 자리는 없어. 청소 노동자들은 밥을 먹고 휴식을 취하고 옷을 갈아입을 공간을 구하지 못해서 화장실 구석이나 계단 밑이나 지하실을 사용해. 눈에 띄지 않고 언제든 사라질 수 있는 곳은 자리가 될 수 없지.

노키즈존은 어때? 모든 인간은 시간과 과정을 거쳐 성장하기에 우리는 언제 어디에서나 어린이를 마주할 수 있지만 어린이의 자리를 치워 버렸어. 임대 아파트에 사는 어린이들이 들어오지 못하게 통로를 막아 놓은 놀이터도 있고, 배달원은 엘리베이터

사용을 자제하고 복도를 이용하라는 공지 사항도 있어. 비정규직과 정규직을 구분할 수 있도록 만든 신분증을 목에 걸고 서로 다른 출입구를 사용하기도 하지. 땅값이 떨어진다고 장애 아동들을 위한 기관 설립을 반대하는 어른들도 있어.

*

자리가 없는 이유는 능력이나 노력이 부족한 결과라고 생각하지 말자. 다른 사람의 자리와 자리에 대한 권리는 나와 상관없는 일이라고 고개 돌리지 말자. 너와 내가 사람답게 살고 있다면 다른 사람들이 자리를 주었기 때문이잖아.

같이 생각해 볼까. 너도 나도 학교에 가서 수업을 받고 점심을 먹으면서 자랐지. 아프면 보건실에서 쉴 수도 있었고 운동장에서 마음껏 뛰어놀았어. 이 자리는 국민으로서 세금을 냈기 때문에 당연해. 그런데 말이야, 그전에 어떻게 국민의 자리를 가질 수 있었던 거지? 맞아. 이 사회에 태어났고 이 사회가 우리의 탄생을 인정해 주었으니까. 우리가 가지고 있는 특성과 조건 때문이 아니라 태어났으므로 무조건 인정받은 자리지.

그렇게 자리를 받은 우리에게는 다른 사람의 자리를 무조건 인정해야 하는 의무가 있어. 다른 사람이 가진 특성과 조건에 따라 자리를 준다는 것은, 너와 내가 어떤 기준을 충족시키지 못한

다면 지금 여기에서 누리고 있는 이 자리를 언제든 뺏겨도 괜찮다는 뜻이나 마찬가지야.

서로에게 자리를 내어 주는 일, 모두가 자리에 대한 권리를 가지는 일, 그렇게 우리의 사람다움을 지키는 일을 환대라고 해. 내가 이곳에 사람답게 존재할 수 있다면, 나를 그 자체로 기꺼이 환대해 준 사람이 있었기 때문이고 그 사람은 또 다른 사람의 환대를 받아 존재할 수 있었을 거야. 그리고 그 사람은 또 다른 사람에게 환대를 받았겠지?

우리는 서로 연결되어 사람으로 살고 있어. 우리를 사람답게 지킬 수 있는 힘은 이 연결에서 나와. 그래서 환대는 어떤 조건도 없는 '절대적 환대'가 되어야 해. 그 사람의 정체성을 이루는, 출신이나 학력, 직업, 성품, 성향을 덮어 두고 자리를 주어야 하지. 자리를 주었다면 보답을 기대하거나 요구하지 않아야 하고.

우리 같이 국어사전에서 환대의 뜻을 찾았잖아. 여기에서 가장 중요한 단 하나의 단어만 남길 거야. 어떤 단어가 좋을까? '반갑게' '정성껏' '후하게'는 태도를 표현하고 있어. 무엇에 대한 태도겠니? 그래, 맞이하고 대접할 때 갖추어야 할 태도야. 맞이와 대접의 관계도 생각해 볼까? 대접은 맞이를 하고 나서 할 수 있는 일이야. 그러니까 단 하나의 단어는 '맞이'가 될 거야. 맞이하는 일은 환대의 시작이자 근본이야.

○

　이제 화려하고 풍성한 식탁은 없어도 괜찮아. 하지만 의자
는 꼭 필요해. 상대가 중요한 손님이든 아니든 문제 되지 않아. 그
저 내 앞에 나타난 사람을 맞이하는 일. 내가 다시 알게 된 환대
의 뜻이야.

　아까 봤던 크뢰이어의 그림도 다시 볼까. 이 그림을 보고 우
리는 환대를 떠올릴 거야. 하지만 풍성한 식탁과 아름다운 옷차
림 때문이 아니라 손님을 바라보는 여자의 몸짓과 얼굴 때문이야.
당신이 누구든 우리에게 왔으니 자리를 내어 주고 그 말에 귀 기
울이는 것. 내 앞에 나타난 사람을 맞이하겠다는 다짐. 여자의 눈
빛과 표정이 절대적 환대를 보여 주는 것 같아서 나는 또 한번 이
그림이 좋아졌어.

　프랑스의 철학자 데리다는 타자에게 무조건 자리를 주고 그
권리를 인정하는 절대적 환대가 현실에서는 불가능할 것이라고
했대. 하지만 김현경은 우리는 절대적 환대에 기초한 사회를 상상
할 수 있고, 상상할 수 있다는 그 사실 자체가 이미 가능성을 말
한다고 했어. 선생님이 몇 번이나 밑줄을 그었던 부분이야. 상상
하자. 그리고 믿자. 우리는 더 나은 세상을 향해 같이 걷고 있어.

　맨 처음 선생님이 했던 질문을 떠올려 볼까? 사람이 살아가
려면 죽지 않아야 하고, 죽지 않으려면 반드시 필요한 것들이 있

어. 물, 밥, 옷, 집 같은 것들. 사람이 사람답게 살아가려면 여기에 무엇인가 더해져야 해. '더'는 단순한 양과 질이 아니야.

물만 졸졸 흐르는 시냇물은 가까스로 시냇물이 되어 흐르지. 시냇물 주변으로 풀이 자라고 꽃이 피고 벌과 나비가 모여들 때 비로소 시냇물다워지는 거야. 시냇물에는 풍경이 필요해. 시냇물뿐이겠니, 풀도 꽃도 벌도 나비도 나답게 살아가려면 풍경이 있어야 해. 결국 '사람답게' 살아가는 일은 풍경을 갖는 일이 아닐까? 풍경은 저절로 생기지 않아. 내가 여기에 있음을 인정하는 네가 있을 때 그리고 네가 거기에 있음을 인정하는 내가 있을 때, 서로가 서로에게 곁을 내줄 때 우리는 풍경을 가질 수 있단다.

시간이 흐르면

다시 한번, 이 계절을 통과하고 있네요. 단어를 찾았고 시간이 흘렀고 단어가 쌓였어요. 매일 밤 단어들을 손에 쥐고 조금씩 쓴 글을 모아서 한 권의 책을 만들었습니다. 저는 어떤 사람이 되었을까요.

빛이 있는 그림을 좋아해요. 빛은 원하지 않아도 가질 수 있죠. 낮에는 햇빛이 펼쳐지고 밤에는 불빛이 차고 넘쳐요. 빛이 없다면 그림을 그릴 수도 볼 수도 없으니 모든 그림에는 빛이 있겠지만, 마치 중요한 등장인물처럼 빛을 여기고 자리를 내준 그림들이 있어요. 그런 그림이 좋아요.

○

　지금 저는 윌리엄 로덴슈타인이 그린 그림 〈엄마와 아기〉를 보고 있어요. 엄마는 창문을 등지고 앉아서 아기를 부드럽게 붙잡고 있고 아기는 엄마 무릎을 딛고 서서 창문을 보고 있어요. 그 창문으로 빛이 들어오고 있거든요. 빛이 지금 여기 우리가 있는 이 안으로 '들어오고' 있어요. 방 안이 물들고 있네요. 여린 빛이라서 할 수 있는 일 같아요. 강렬하고 분명하게 빛나는 빛들은 서서히 물들이는 법을 모르니까요. 저는 이 그림을 보고 있으면 불안한 하루 끝에 있다가도 안심이 됩니다. 여린 빛이 아기의 남은 삶을, 그러니까 우리 모두의 삶을 괜찮다고 말해 주는 것 같아서요.

　우리는 시간과 존재의 관계를 마땅한 순서나 법칙으로 생각해요. 시간이 흐르면, 식물의 여린 초록이 점점 짙고 선명한 초록이 되어 가는 것처럼 약한 것에서 강한 것으로, 흐린 것에서 뚜렷한 것으로 나아가야 한다고 믿기 쉽죠. 하지만 방 안으로 들어오는 빛처럼 시간이 흐를수록 점점 여려지고 부드러워지는 존재도 있어요. 늦은 오후의 빛을 보세요. 해는 지고 말아요. 이기는 법이 없어요. 물을 많이 섞은 물감같이 공기와 사람들의 기분에 섞여 그저 따뜻하고 조용하게 스며들죠.

　시간과 존재의 관계에 순서나 법칙은 없어요. 우리는 시간이 흐르면 약해지거나 강해지고 흐려지거나 선명해지고 단단해지거나 부드러워질 거예요. 그러니까 시간이 흐르면 무엇이 되겠다 다짐하는 대신 무엇이 되어 가고 있는지 지켜봐도 괜찮아요. 언젠가 꼭 전하고 싶었던 말입니다.

좋은 글을 쓰고 싶었어요. 좋은 글을 쓰는 데는 좋은 글을 쓰고 싶다는 마음이 가장 큰 장애물이라는 걸 잘 알고 있습니다. 하지만 이런 마음이 저를 움직이게 하더라고요. 아직 많이 부족하지만 멈추지 않고 계속 써 보겠습니다. 무엇이 되어 가고 있는지 지켜보면서요.

고마운 사람들이 많습니다. 아마 이 책의 끝, 이 문장까지 꼭꼭 눌러 읽고 있을 거예요. 모두 고맙습니다. 언젠가 내가 쓴 책이 나온다면 그 책 가장 뒤에 단 한 사람의 이름을 써야지, 다짐한 적이 있어요. 어느새 시간이 이렇게 많이 흘렀네요. 이제 저는 두 사람의 이름을 꼭 쓰고 싶어요.

나의 엄마 이상남과 나의 딸 김다온에게 마음을 전합니다.

2023년, 봄
지혜

읽고
쓰고
내가
되는
시간

1. 취미: 작은 취미 목록

혹시 취미를 찾고 있나요? 그렇다면 모르는 길을 앞서 살피는 것보다 아는 길을 되돌아보는 것이 좋아요. 취미는 '나'에 대한 일이고, 나는 미래가 아니라 과거에 있으니까요.

오늘 밤 잠들기 전, 취미 목록을 채워 볼까요? 아! 취미 목록 앞에는 '작은'을 붙일 거예요. 기분 좋았던 작은 일들을 모으는 거죠. 순간이 쌓여 삶이 되듯, 기분이 쌓여 취미가 된다는 걸 꼭 기억해 주세요.

2. 후회: 후회 공책

후회 없는 삶보다 후회를 기억하는 삶을 살아야겠어요. 후회는 나답지 않은 일을 할 때 뒤따라 오는 마음이잖아요. 나답지 않음을 알아야 나다움도 알 수 있죠.

후회를 모아 두는 후회 공책을 만들어 보는 건 어때요? 실수와 잘못을 쓴 다음, 마지막에 '나답지 않다.'로 마무리하는 거예요. 이 공책은 누구에게도 보여 줄 필요 없어요. 하지만 때때로 열어 보기로 해요. 나침반이 될 테니까요. 나침반은 길을 나아갈 때 쓰는 것. 후회 공책을 열어 볼 때는 '내가 그때 왜 그랬을까.' 뒷걸음질 치지 않아요. '나는 앞으로 이렇게 할 거야.' 후회를 손에 쥐고 나다움을 향해 걸어요.

3. 노력: 기다란 문장

오늘의 끝까지, 잘 살아 냈다고 칭찬을 건네고 싶어요. 우리는 노력했어요. 삶은 쉬운 일이 아니니까요. 노력을 카메라로 찍어 사진으로 남기면 좋을 텐데. 노력의 기억으로 노력할 힘을 만들 수 있잖아요. 하지만 눈에 보이지 않아 사진이 될 수 없죠.

대신 글이 될 수 있어요. 노력은 멈추지 않고 '하나씩'이라는 리듬으로 흐르는 파도를 닮았으니, 노력에 대한 글도 파도처럼 써 봐요. 마침표 없이 기다란 문장으로! 정확한 단어나 올바른 문장이 아니어도 괜찮아요. 가장 중요한 건 끊지 말고 계속 이어 쓰기. 다 쓰고 나서 마음에 든다면 나누고 덧붙이고 지워서 더 좋은 글로 완성해 보세요.

4. 자아: 단어 자화상

마이클 크레이그 마틴이 그린 <자하 하디드>처럼 나의 얼굴들을 겹치고 포개어 만든 초상화를 갖고 싶어요. 그래서 나의 얼굴을 하나씩 모으고 있어요. 수많은 초상화를 그리는 것보다 훨씬 간단하고 재미있어서 여러분에게도 소개하고 싶어요. 단어로 만든 자화상! 오늘의 나를 표현할 수 있는 단어를 딱 하나 찾아서 공책에 써요. 그 단어를 고른 이유를 간단히 덧붙이고요. 내일은 내일의 나를 표현할 수 있는 단어를 찾아야겠죠? 오늘만큼의 나와 내일만큼의 나는 서로 다른 나일 테니, 매일 새로운 단어를 찾아야 해요.

5. 존엄성: 비스듬한 시소

문득 '나'라는 사람이 싫어질 때가 있나요? 그럴 때는 균형 감각을 발휘해야 죠. 언제든 사용할 수 있도록 가까이에 시소 그림을 둡시다. 작고 동그랗게 오린 종이 하나에 나의 싫은 점을 하나 써 주세요. 시소의 왼쪽에 올려 둘 거예요. 모두 몇 개의 동그라미가 올라갔나요? 그 수만큼 앞으로 되고 싶은 나의 모습을 써 주세요. 시소의 오른쪽에 올려 둘 거예요.

왼쪽과 오른쪽의 무게가 같아졌군요. 좋아요, 앞으로 되고 싶은 나의 모습을 하나 더 써서 올려 주세요. 시소가 오른쪽으로 기울어지네요! 자기 자신을 싫어하던 나는 비스듬한 시소를 따라 내려가면 됩니다. 그쪽으로 쭉 가면 앞으로 되고 싶은 나를 만날 수 있을 거예요.

6. 특별: 귀 기울이는 주인공

레오 리오니의 그림책 『프레드릭』에는 프레드릭과 들쥐들이 나와요. 프레드릭은 주인공이라서 이름이 있는데 나머지 들쥐들은 이름이 없죠. 우리는 들쥐들에게 이름을 묻고 들쥐들의 이야기에 귀 기울일 거예요. 들쥐들도 분명 자기만의 이야기가 있을 테고 이야기를 들어 줄 누군가가 있다면 특별한 주인공이 될 수 있으니까요.

그림책에서 눈이 예쁜 들쥐 한 마리를 찾아 주세요. 그 들쥐에게 어떤 질문을 할래요? 들쥐는 어떤 대답을 할까요?

7. 공부: 사적인 사전

오늘은 공부를 해 볼까요? 괜찮아요, 이 공부는 그 공부가 아니거든요. 우리의 목적은 이해가 아니에요. 그저 작은 질문이죠. '나는 어떻게 생각하지?' 나의 생각이 중요해요. 그래서 사적인 사전을 만들 거예요. 먼저 주변에 있는 익숙한 사물을 하나 골라 보세요. 그다음 질문해요. '나는 그 사물에 대해 어떻게 생각하지?'

모범 답안은 없어요. 시간이 오래 걸려도 좋아요. 내 안에서 찾기만 하면 됩니다. 내 안에서 찾았으니 백과사전이나 국어사전의 내용과도 다르고 친구들의 생각과도 다를 거예요.

사물 대신 감정, 이론, 관계 그리고 생각에 대해서도 생각할 수 있어요.

8. 불확실: 반대편의 가능성

과도기를 어두운 터널로 만드는 건, 내가 가진 나에 대한 고정관념 때문일지
도 몰라요. 과도기가 생명력 넘치는 이행대가 되길 바란다면 고정관념에서
벗어나 반대편에서 생각해야죠. 나의 반대편에는 반대가 아니라 가능성이
있다는 걸 기억하세요.

내가 알고 있는 나와 반대되는 모습을 쓰고 가능성을 드러내는 의존 명사
'수'와 가능함을 나타내는 형용사 '있다.'를 붙여 봅시다. 앞으로 다가올 새로
운 나일 '수'도 '있으니까'요!

9. 소녀: 시도 옷장

나에게 어울리는 옷을 찾으려면 옷을 많이 입어 봐야겠죠. 역할도 그래요. 나에게 어울리는 역할을 찾으려면 많이 시도해야 하죠. 앞으로 시도하고 싶은 일을 모아 목록으로 만들어 볼까요?

외출하기 전, 옷장에 걸린 옷을 골라 입는 것처럼 오늘의 시도를 고르고 행동으로 옮겨 보는 거예요. 시도를 하고 돌아온 날에는 새로운 시도가 나에게 어울렸는지 간단한 메모를 하면 더 좋겠죠. 시도가 마음에 들었다면 가장 잘 보이는 곳에 걸어 두세요. 자주 입고 싶어질 테니까요.

10. 동물: 이중 언어 기록장

비인간동물도 언어가 있어요. 학교에서 외국어를 배우는 것처럼 비인간동물의 언어를 배워 볼까요? 우리가 외국어를 배우면, 소통 가능한 세계가 넓어지고 그만큼 풍요로운 삶을 살 수 있잖아요. 비인간동물의 언어를 배우면 대화를 나눌 수 있는 친구들이 늘어나서 더욱 즐거운 일상을 살 수 있을 거예요.

내가 잘 아는 비인간동물의 언어를 기록하고 다른 사람들과 나누어 보세요. 같이 사는 반려동물이 있다면 반려동물의 언어를 정리해 주세요. 반려동물이 없어도 괜찮아요. 비인간동물의 언어를 연구한 책들이 많이 나와 있거든요. 앞으로 친하게 지내고 싶은 동물의 언어를 찾아보세요.

11. 장애: 동시 상영 극장

서로에게 의존할 때, 서로 다른 물질의 화학작용으로 새로운 물질이 생겨나는 것처럼 우리의 이야기도 자꾸만 새롭게 생겨나지 않을까요? 얼마나 많은 이야기가 있을지 궁금해요.

앞서 함께 읽은 그림책 『주머니 없는 캥거루 케이티』의 결말을 바꿔 볼 거예요. 캥거루 케이티와 도움을 주고받은 누군가는 어떤 동물일까요? 케이티와 어떻게 친구가 되었을까요? 서로에게 서로를 기대는 삶은 과거의 삶과 비교했을 때 무엇이 달라졌을까요? 이야기를 만들어 주세요. 또 다른 사람이 만든 이야기도 들어 주세요.

12. 감정이입: 잇는 인터뷰

오늘은 나의 '안'이 아니라 '밖'에 대해 생각할 거예요. 자아는 '나'를 의미하지만 오직 나만 생각하다 보면 점점 쪼그라들지도 모르거든요.

우리가 사는 지금 여기에는 울고 있는 사람들이 많이 있어요. 문을 열고 밖으로 나가 슬픔이 깊은 사람의 이야기를 들어 주세요. 책을 읽어도 좋고 뉴스나 신문을 봐도 좋아요. 그 사람의 이야기 속으로 들어가 그 사람이 되어 주세요. 그 사람의 마음을 상상하는 걸로 그칠 게 아니라 그 사람이 되어 이야기를 해 주세요. 인터뷰를 할 거예요. 내가 질문을 하고 그 사람이 된 내가 대답을 합니다.

13. 혐오: 정체성 페이스트리

혐오 표현은 반드시 스스로를 향하게 됩니다. 한 사람의 정체성은 작은 정체성이 모여 만든 전체이기 때문이에요. '나'는 페이스트리처럼 여러 정체성으로 겹겹이 이루어져 있다는 사실을 잊지 마세요.

오늘은 나의 정체성에 대해 고민해 보는 건 어떨까요? 그리고 나의 정체성을 설명하는 문장을 써 주세요. '정체성'이라는 말이 좀 어렵다면 나를 소개한다고 생각해도 좋아요. 이렇게요, 나는 사람이다. 나는 여성이다. 나는 아시아인이다. 나는 학생이다. 나는 선생님이다. 가장 아래에서 시작해 한 문장씩 쌓아 올릴 거예요. 정체성 페이스트리를 만드는 거죠!

14. 커버링: 다채로운 이름표

정상과 비정상은 없어요. 무수한 정상들만 있을 뿐이죠. 세상이 이미 정해 놓은 기준으로 정상과 비정상을 나누는 대신 각각의 정상들을 자기만의 이름으로 부를 수 있다면 얼마나 좋을까요.

우리가 해 봐요! 먼저 몸의 색깔부터 시작해 볼까요. '살색'이라고 불리는 단 하나의 색이 아니라 다채로운 살 색을 모아 보는 거예요. 나와 친구들의 손 등을 나란히 놓고 비교해 보세요. 우리의 색깔은 모두 다 달라요. 그리고 정 상이죠. 살 색은 여러 개. 서로 다른 살 색들에게 이름을 지어 주세요.

15. 상처: 물음표를 닮은 열쇠

혹시 아물지 않은 상처가 있나요? 그렇다면 무엇보다 '왜?'라고 질문해야 해요. 상처의 아픔보다 상처의 이유를 예민하게 살펴야 해요. 상처의 이유를 찾지 않는다면 계속 같은 상처를 받게 될 테니까요.

내가 받은 상처에 대해 써 주세요. 이 글의 유일한 독자는 내가 될 테니 아무런 걱정 말고 솔직하게요. 글의 끝에는 마침표 대신 물음표를 넣을 거예요. '왜?'라고 커다랗게 쓰는 거죠. 며칠이 걸려도 좋아요. 답을 찾아 써 주세요. 그 답의 끝에도 마침표 대신 물음표를 넣을 거예요. '왜?'라고 묻고 다시 답을 하고. 꼬리에 꼬리를 무는 물음표를 따라가면 문이 열릴 거예요. 상처를 응시하고 이유를 찾았으니, 이제 치유를 시작할 수 있어요.

16. 환대: 다정한 풍경화

오늘 하루가 순조로웠다면, 내가 받은 환대 덕분이에요. 환대는 대단한 무엇이 아니에요. 우리의 공간에 누군가 들어설 때 다정한 말과 몸짓으로 맞이하는 일이죠. 안녕하세요, 고맙습니다, 괜찮아요, 환영합니다. 우리는 서로를 환대할 때 사람다운 삶을 꾸려 나갈 수 있어요.

서로에게 주고받은 환대의 말과 표정을 써 볼까요? 풍경화를 벽에 걸어 두는 것처럼 다정한 풍경을 기록하고 기억하는 거예요. 내일도 서로에게 다정할 수 있도록.

읽고 쓰고 내가 됩니다

단단한 나로 자라나는 단어 탐구 생활

1판 1쇄 발행 2023년 3월 30일
1판 3쇄 발행 2024년 4월 30일

지은이   지혜

그린이   방현일
편집   이혜재
디자인   김선미
제작   세걸음

펴낸이   이혜재
펴낸곳   책폴
출판등록 제2021-000034호
전화   031-947-9390
팩스   0303-3447-9390
전자우편 jumping_books@naver.com

© 지혜, 2023

ISBN 979-11-981765-4-7 03800

• 이 책은 저작권법에 따라 보호받는 저작물이므로 무단전재와 무단복제를 금합니다.
• 이 책의 일부 또는 전부를 이용하려면 반드시 저작권자와 책폴 양측의 서면 동의를 얻어야 합니다.
• 잘못 만든 책은 구입처에서 바꾸어 드립니다.

너와 나, 작고 큰 꿈을 안고 책으로 폴짝 빠져드는 순간
책폴

블로그   blog.naver.com/jumping_books
인스타그램 @jumping_books

책폴